MINGUO TONGSU XIAOSHUO
DIANCANG WENKU

民国通俗小说典藏文库·顾明道卷

美人碧血记

顾明道◎著

范烟桥◎评

中国文史出版社

顾明道和他的小说(代序)

张赣生

在本世纪(指二十世纪)二十年代末,能与"南向北赵"并称的武侠小说作家只有顾明道。

顾明道(1897—1944),原名景程,江苏苏州人。他八岁丧父,自幼体弱,上学时膝部患骨结核(中医所谓骨痨)致残,行动依赖拄拐。他毕业于教会所办的振声中学,因学习成绩优秀,即留在该校任教,并受洗为基督教徒。1922年,范烟桥移居苏州,范氏在辛亥革命的时候就曾与友人组织"同南社",诗酒唱和;这时又于七夕会同赵眠云、郑逸梅、顾明道等九人组织"星社",以文会友。顾氏由此结识了一批文友,他一生的文学活动大体未超出这个小团体的范围。顾明道因一直希望医好腿疾,所以结婚较迟,抗战爆发后,他和母亲、妻子全家移居上海,苏州的家产毁于战火,从此落入贫病交加的处境中。他一生以教书为业,战前一直在苏州振声中学执教,迁居上海后一面写作,一面仍自办补习学校,招生授课,直至肺结核把他折磨得卧床不起才停办。病重时生活无着落,全靠朋友周济,终年只有四十八岁,身后凄凉。

了解了顾明道一生的经历,有助于我们客观地认识和评价他的小说。

从顾明道一生经历来看，腿残、留校执教、参加星社，这三件事深刻影响着他一生的文学事业。民国初年的上海，盛行哀情小说，即文学史上称之为"淫啼浪哭"的时期。1912年，徐枕亚的《玉梨魂》和吴双热的《孽冤镜》在《民权报》同时连载，随即又连载李定夷的《霣玉怨》，流风所被，一片哀音。顾明道就在这种风气的影响下，开始试写小说，那时他只有十七岁，尚未成年。他的处女作是短篇言情小说，发表在高剑华主编的《眉语》月刊上，这是一份以知识妇女为读者对象的刊物，脂粉气很重，在该刊的创刊号上发表了一篇阐明办刊宗旨的《宣言》，其中说："花前扑蝶宜于春；槛畔招凉宜于夏；倚帷望月宜于秋；围炉品茗宜于冬。璇闺姐妹以职业之暇，聚钗光鬓影能及时行乐者，亦解人也。然而踏青纳凉赏月话雪，寂寂相对，是亦不可以无伴。本社乃集多数才媛，辑此杂志，而以许啸天君夫人高剑华女士主笔政。锦心绣口，句香意雅，虽曰游戏文章、荒唐演述，然谲谏微讽，潜移转化于消闲之余，亦未始无感化之功也。每当月子弯时，是本杂志诞生之期，爰名之曰《眉语》，亦雅人韵士花前月下之良伴也。"看了这篇《宣言》，读者当能了解此刊物的性质。顾明道在1914年左右开始写小说时，选中这样一个刊物投稿，也就表明顾氏本人的性格难免有些多愁善感的脂粉气。

我指出顾氏性格中的脂粉气，因为这决定着他文学作品的基调，丝毫也没有嘲讽顾氏之意，每个人都在一定的环境下养成他的性格，这没有什么可嘲讽的，我们要研究的只是事实。郑逸梅在《悼顾明道兄》一文中提到两件事，其一为："明道最初的作品，刊登在许啸天所辑的《眉语》杂志上，该杂志多载女作家的文字，他就化名梅倩女史，撰着短篇小说。有一位读者，是登徒子之流，写信追求他，缱绻缠绵，大有甘伺眼波之意。明道接到了信，大笑之下，用梅倩具名答复他。那个登徒子欣喜欲狂，寄给他一帧照片，请他交换'芳影'，并约他会晤某园。明道到这时，才用真姓名自行揭破。这一段趣史，明道时常讲给人听的。"其二为："《江上流莺》稿成，我曾为他写一小序，有云：'江山摇落，风雨鸡鸣，我侪丁斯乱世，应变无方，干禄乏术，臣朔饥欲死，乃不得不乞灵于不律，红茧缫愁，绿蕉写恨，借以博稿资而活妻孥。社友顾子明道固与予相怜同病者也。'明道读了，亦为之感喟百端，不能自已。"当时正值日寇侵华，人民生活困苦，对此局面"感喟百端"也是情理中的事，我们不必咬文嚼字，过分挑剔；但达到"不能自已"的程度，就难免少些丈夫气了。以上两件事都可证明顾氏确有些多愁善感的脂粉气。

顾明道养成这样一种性格，固然与前述民初上海文坛的时尚有关，在当时一些人的心目中，唯其如此才配称为"才子"，少了贾宝玉味道就被视为粗俗；但是就顾氏本身的内因而言，腿残对他心理上的影响，恐也不容忽视。肢体的残疾不仅影响着顾明道的性格，也限制着他的行动。郑逸梅《悼顾明道兄》一文说："这时他在吴门振声中学担任教务，因不良于行，往返不便，所以他住在校中。"顾氏是一位多半生未离他那中学小天地的人，缺少广泛的社会生活经历，在这方面，他既不能与同时的"南向北赵"相比，更不能与后来的"北派四大家"同日而语。对于这样一位学生出身，生活面狭窄，又多愁善感的作家来说，写言情小说自然是最方便的，他可以坐在家里凭自己的情感体验来打动读者，只要情感诚挚，哪怕写的只是他个人的小天地,也总会有其可取之处。但自向恺然《江湖奇侠传》引起轰动之后,报刊编者和出版商均热心于武侠一途,顾明道为适应这一潮流,便也改弦易辙,于1923年至1924年在《侦探世界》杂志发表武侠小说。1929年,他由杭返苏,途经上海,与当时主编《新闻报》副刊《快活林》的星社文友严独鹤相会,恰逢《快活林》需要连载长篇武侠小说,严约顾撰写,这就促成了他一生的代表作《荒江女侠》的问世。

《荒江女侠》刊出后竟大受欢迎,同年冬,上海三星图书局向新闻报馆购买版权出版单行本,至1930年8月已翻印四版,1934年11月更达到十四版,这在当时是很可观的销行数。可见其轰动的程度。由于此书畅销,顾氏也就续写下去,共出版了六集,并被友联公司改编为十三集连续影片,上海大舞台、更新舞台也改编为京剧连台本戏,风靡一时,大有凌驾《江湖奇侠传》之上的势头。这部小说之所以能取得如此出人意料的效果,今天的读者或许很难理解。当时最著名的武侠小说,是"南向北赵"的作品,向恺然连缀民间传说,自有其吸引人的一面,但却少了点爱情纠葛、哀感顽艳;赵焕亭的《奇侠精忠传》据说原有不少狎媟的描写,因而触犯禁例,出版时经过删削。顾明道于此际把武侠、恋爱、探险等成分捏在一起,就给读者一种新鲜感,满足了十里洋场那特定读者群追求新奇、热闹的要求,正如严独鹤在《荒江女侠序》中所说:"以武侠为经,以儿女情事为纬,铁马金戈之中,时有脂香粉腻之致,能使读者时时转换眼光,而不假非僻之途,不赘芜秽之词。是以爱读者驰函交誉。"

顾明道用以吸引读者的另一个办法是写"冒险",他在谈及自己的作品时说:"余喜作武侠而兼冒险体,以壮国人之气。曾在《侦探世界》中作《秘密之国》《海盗之王》《海岛鏖兵记》诸篇,皆写我国同胞冒险海洋之事,与外人坚拒,为祖国争光者。余又著有《金龙山下》一篇,可万余言,则完全为理想之武侠小说也,刊入《联益之友》旬刊中。又曾写《黄袍国王》长篇说部,记叙郑昭王暹罗之事,曾刊《大上海报》,后该报停版,余亦中止,他日拟出单行本以飨读者矣。又新著《龙山争王记》,则方刊于《湖心》周刊中,该刊为西湖小说研究社出版者也。曩年余为《新闻报·快活林》撰《荒江女侠》初续集,尚得读者欢迎,今由三星书局出单行本,三集亦在付梓中矣;又为《小日报》撰《海上英雄》初续集,则以郑成功起义海上之事为经,以海岛英雄为纬,以上两种皆由友联公司摄制影片。又尝作《草莽奇人传》,则以台湾之割让,与庚子之乱为背景也。"(转引自郑逸梅《悼顾明道兄》)所谓"冒险体"或"理想小说",显然是接受了西方的小说观念,是指类似斯蒂文生《宝岛》或斯威夫特《格列佛游记》的体裁,譬如他所著的《怪侠》,写一个身负绝技的革命者,失败后率党徒逃亡海外,去非洲探险,与当地土著争斗,称雄异域,即是一例。

就顾氏的为人来说,他是一个正直、爱国的书生。"一·二八"日寇进犯上海,顾氏写了《国难家仇》《为谁牺牲》等小说,表示了他作为中国人的同仇敌忾之心。顾氏一生写过五十多部小说,以武侠和言情为主,也有社会、历史、侦探等作,他临终前,春明书店出版了他的最后一部作品《江南花雨》,这本小说具有自述的性质。

目　录

序 一

明道以所著《美人碧血记》见示，并嘱为评，余乃毕读是书。其描写青年情绪，婉转缠绵，与《啼鹃录》异曲而同工，杀青问世，又将赚天下人许多热泪矣。

余素不喜哀情，以为使人颠倒懊恼忧苦中，罪过实多。然余叩诸一班人之读小说者，又多数乐观哀情小说，尤以青年儿女为更甚。则以情爱之在世界，往往难自圆满，而社会间情爱构成之种种幻象，十九带有愁惨之色彩，而人类于求偶之欲望，奢侈极矣，少不如意，即有婚姻不良之感，今之离婚率剧增，即此故也。

哀情小说常以投其所好，得读者之同情，故《啼鹃》至于《续录》，而美人碧血专书以记之矣。然而余终以为此等笔墨，虽哀感顽艳，激刺之性太烈，深愿明道稍稍发慈悲心，布快乐种子，使读者得破涕为笑，以慰藉其生活上之苦痛，不虚挥其闲泪于白纸黑字间也。

中华民国十七年立夏

范烟桥序

序 二

同社顾子明道，英才卓荦，博闻强识，恂恂儒雅，温婉具古君子风。公退之暇，辄操觚染翰，为稗官家言，造意行文，悉臻上乘，吐珠咳玉，不同凡响，悱恻缠绵，哀感顽艳，每一编问世，笺愁谱恨之什，缕心刿骨之句，令人读之，荡气回肠，惘然不能自已。

明道殆今世之多情种子，亦幽怨别抱之伤心人欤？此复有《美人碧血记》之编，立意新颖，隽永多趣，历叙儿女情事，离合悲欢，曲折纡徐，可歌可泣，琐琐写来，不枝不蔓，洵属精心结撰之作。付梓有日，嘱弁一言。

余维明道英年劬学，品粹识卓，上仪先哲，力矫时趋，锲而不舍，由明进诚，故读其文，炳炳琅琅，理正词醇，浮烟障墨，一扫而空，满腔热忱，流露于不自觉，与獭祭充数，染有时下恶习者，迥有上下床之别。此编行世，会当不胫走天下，固毋俟不佞赘述。

2

爱草数语，以归之，着粪佛头，自知不免。世之读《碧血记》者，盍先一览吾言。是为序。

民国十七年戊辰桃月望日

同社弟杨剑花序于晴翠簃之南窗

楔　子

　　金风飒飒，玉露耿耿，一钩新月斜照到玻璃窗上。日月生正据案读《小青传》，觉得美人黄土千古同慨，一缕酸辛从心头涌起，因想造化小儿，故弄狡狯，既已生出一个美人来，使伊有了羞月艳姿、咏柳清才，秋水为神玉为骨，芙蓉如面柳如眉，自然有情人成了眷属，享受人间艳福，留得千秋佳话，不亦美哉！不亦快哉！却偏偏要打鸭惊鸳，煮鹤焚琴，使爱河情海中顿起惊涛骇浪，造成无量数痴男怨女，恨缕情丝，作茧自缚，精禽衔石填不尽茫茫大海，啼鹃泣血唤不醒沉沉众生，不过使多情人凭吊唏嘘，平添不少悲感罢了。日月生想到这里，恍惚间走出门来，渐渐离了繁华都市，来到一个山谷。

　　树上都开着惨红的花，好似斑斑血泪，进谷有一块大石，上刻"牢愁窟"三字。进得谷中，只见不少男男女女，有的呜咽饮泣，有的愁容满面，有的泣血椎心，有的长吁短叹，不知都为了什么缘故。——询问，都是情场失败的过来人，失恋也有，情痴

1

也有，单恋也有，三角恋爱也有，日月生很代他们痛惜。忽然，愁云漫漫，惨雾冥冥，一霎时风云变色，澒洞有声，前面白浪滔天，势如奔马，向谷里冲将进来。大众都说：

"孽海决口，波涛浸灌，我们都要溺身了。"

一片啼哭之声。日月生不觉大吃一惊，微微睁开眼来，原来是南柯一梦，自喜道：

"原来是梦，不然我不要被那孽海中的情波卷去，和那些情场失败儿女一齐遭灭顶之凶吗？"

正在这时，忽听一片啼哭之声仍在耳里，咦！难道是真的吗？再一细听，知道在窗外，不由毛发悚然，忙立起身来，走出室去，听那一片哭声呜呜咽咽地哭得好不凄惨，正在庭中草里，过去一看，原来是许多秋虫唧唧复唧唧地在墙边草中叫着，不觉失笑，还进去坐定，心中似有不少怅触。凉蛩哀鸣，自悲身世，那些情场中痴男怨女当该作秋虫一般看待，惨绿愁红，啼珠泣玉，都是可怜虫罢了。可怜虫，你们在情场中的成绩究竟有多少历史供人凭吊？你们牺牲一切，都为谁来？真是：

多情自古空余恨，好梦从来最易醒。

第一回

览胜名湖老人蜡屐
鼓琴矮屋隐士遣怀

春风和暖，吹皱了水面上的波纹，上下天光，遥望一碧，春山含笑，都有生意。阳光射到山巅的塔顶上，那秀拔的古塔好似高人雅士，临风独立，阅遍了湖上沧桑，堤边绿柳，万条柔软丝飘拂到水边，呢喃紫燕正在掠波穿柳地飞着。柳荫之下，有一烟艇泊在那里，船艄上立着一个年轻的船娘，正在烹调，烟气缕缕散入晴空，舱中坐着两个老翁，正在浅斟小酌，一个老翁年近七旬而精神矍铄，穿着酱色夹袍，擎着酒杯，喝得十分有味。一个老翁年在六旬开外，颌下一部花白长髯，潇洒如神仙中人。那穿酱色袍子的老翁喝了一杯酒，指着窗外烟景说道：

"诚翁，你看，青山绿水，天然佳丽，这石湖风景幽倩，真是好地方。处此乱世，若能在此筑得一个幽雅的别墅，带着妻孥在这里半耕半读，湖山灵秀，足老此生，何必要绾黄纡紫，钟鸣鼎食，去到宦海中寻生活呢？"

长髯老人拈髯笑道：

3

"仕廉兄，你的理想果然很好，你府上也有很大的园林，足以飞觞醉月，优游余年，菟裘之营。仕廉兄，你早已绸缪得宜，不过晏婴近市罢了。石湖地方幽僻，山水佳丽，是隐居之地，但近年社会状况一天恶劣一天，军阀鏖兵，伏莽四起，茫茫大地，何处乐土？你不听见各处时常有绑票的事吗？若是你要在这里美轮美奂造出什么别墅来，四面觊觎者大有其人，况石湖又通太湖，茫茫三万六千顷七十二高峰，湖匪出没无常，杀人越货，恐怕你也不能逍遥安居啊！"

穿酱色袍的老翁听得这话，叹了一口气道：

"在昔范滂登车揽辔，慨然有澄清天下之志，范希文先生忧后乐以天下为己任。我们也曾一度参与朝政，只可惜豺狼当道，忠而被谤，不能行我学泽世济民，难免尸位素餐之讥，归营菟裘，岂得已哉？到了今日，我们已在落伍时代，中华主人翁自有人在，也断不容我们衰朽昏庸的人说什么话。李白诗：'过此一无事，静谈《秋水》篇。'我就这样算了。"

说罢，又喝一杯酒。这时，忽听琴声又幽远又静淡，不知从何处传来。一刻又听不着了。长髯老翁道：

"奇了，此调已成《广陵散》，不想乡野间乃闻此声，难道有什么高人处士隐居于此吗？"

穿着酱色袍的老翁也道：

"左右无事，诚翁，我们何不上岸去走走？或有奇遇。"

长髯老者点点头，于是两人吩咐船上人把酒菜收去，放下跳板，走上岸来，却听不见琴声。

向左有一条小径，有几株大柳树掩护着好几间小屋。二人信步走去，见竹篱之内有翠竹数茎，和门前的柳相映带，旁植杂花，开得烂漫可爱。二人立定脚步，又听琴声便从这屋里传送出来。长髯老人道：

"果然这里有隐士了，衡门之下，可以栖迟，别小看他茅屋柴扉，布置得却有丘壑，我们不要当面错过。"

两人寻到门前，把手指在柴扉上轻叩两下，只听里面有女子娇声问道：

"门外是谁？"

长髯老人道：

"我们特来拜客，快请开门。"

便听"呀"的一声，门开时，见有一个十七八妙年华的女郎立在门内，黑黑的发，弯弯的眉，晶晶的眼，嫩嫩的颊，虽穿的一件布衫，却是出水芙蕖，一尘不染。微微一鞠躬道：

"贵客何来？"

两人道：

"我们来此游湖的，闻得琴声，知道有高人居此，故来拜见，烦姑娘代我们通报。"

女郎道：

"客请稍待。"

便回身走到屋里去。琴声跟着停了，一刻，屋里走出一个五十多岁的人来，状貌清癯，微有胡须，上前含笑相迎，到里面坐定。两人见室中陈设得很是洁净，壁上挂着名人字画，架上牙签，玉轴图书琳琅，沿窗一张书桌，放下文房四宝，东边小小琴台横搁着焦尾古琴，垂着鹅黄流苏，铜炉中细烟一缕，饶有情

5

趣。窗外绿竹猗猗，还有几丛芭蕉映得窗都绿了。三人遂各请教姓名，始知主人姓马，单名一个璙字。穿着酱色袍的姓吴，名仕廉。长髯老人姓徐，名则诚。当下，马璙问道：

"今天辱承两位贵客光临蓬荜，不知有何赐教？"

吴仕廉道：

"弟虽居城市，而性喜山水，常出泛舟邀游，今天同这位诚翁到石湖来玩赏风景，临窗举卮，忽听琴声。因想，此间乡野蠢蠢之徒，哪里会弄这《阳春白雪》之曲？谅有高人隐居于此，遂挽诚翁登岸一访，闻得琴声从尊处传出，才得认识高人居庐，不揣冒昧，愿挹芝颜，得勿笑何来俗客吗？"

马璙忙答道：

"不敢不敢，不才生性孤介，学无所成，不喜封侯，愿学抱瓮，有田二十亩，筑室于此，耕田读书，聊以自娱，并不敢肥遁鸣高，故为豹隐。且喜石湖风景清秀，晨夕相对，大可为我吟咏资料，醇酒一壶，瑶琴一曲，他无所求了。"

吴仕廉道：

"弟以前在宦海浮沉二十余年，倦游归来，才知道陶彭泽赋《归去来辞》的有价值了。弟赋性耿介，友朋寥寥，唯有这位诚翁是同年友，常常在一起饮酒畅谈，今日难得有缘遇见马翁，结结苔岑之交。"

马璙道：

"高山流水，得一知己可以无憾，既蒙二位不弃，不才也愿附骥庶几，商量国学，不乏同志。不才新有一诗集名《石湖吟稿》，要请两位雅正。"

6

两人齐道：

"愿得快读。"

马璆遂从书架上取出一卷诗稿来，誊写得很是工整，卷首有林畏庐做的一篇序文。两人展卷朗吟，吟得几首，不觉拍案叫绝道：

"造句清新，意境高远，大类孟浩然，今人哪得有此？钦佩之至！"

徐则诚又道：

"唐贤王唯得宋之问蓝田别墅，在辋川口，辋水周流舍下，竹渔花坞，浮舟往来，弹琴赋诗，令人向往，现在马翁可与古人媲美了。石湖风月属词人，湖山有主风雅卓绝。"

马璆见两人赞美，忙谦谢不迭。这时，那个女郎早献上一壶香茗和几个杯子来，马璆代两人倒上两杯道：

"我们不妨瀹茗清谈，此间的水比较城市清新些。近有个朋友送我几包雨前味，还不恶。"

两人尝一了尝，道：

"果然很好。"

吴仕廉又问道：

"马翁适才所见的那位姑娘，不知是否为令爱？"

马璆道：

"正是小女清涓，不才虚度五旬，膝下只有此女，自幼教伊识字，且喜生性聪慧，好学不倦，现已能握笔为诗词，文章间亦有得。"

吴仕廉道：

7

"难得，难得，犬子早丧，现有孙儿一，孙女二，却喜还能用功。只可惜没有名师熏陶，不能深窥堂奥，有所造成。今日得遇马翁，不禁有个痴望，很愿马翁能够答应我。"

马璆道：

"如能献拙，当然很愿效劳的。"

吴仕廉道：

"弟意欲请马翁到寒舍去教授我的孙儿女，我们又可朝晚聚处，谈谈诗文，不嫌寂寞。舍间也有园林，还不嘈杂，但不知马翁果能俯允我的请求吗?"

马璆听了，似乎沉思着没有即答。停了一刻，才答道：

"荷蒙垂青，不胜感愧，恐我不能胜任吧!"

吴仕廉道：

"像马翁的檠檠大才，不要谦辞了，成全了美事吧!"

又对徐则诚道：

"诚翁的孙儿女也可一同来受业，我还有两个外孙女，也很好学，我要接她们来受名师的教诲，那么，绛帐春风，袁随园不足专美于前了。"

马璆道：

"我若出外，家中也要时时照顾，每星期请休息一天，仿照新式学校星期日休假办法，好不好?"

徐则诚道：

"七日一来，复古有明训，例当有一天休息，这个可以随便马翁意思。"

吴仕廉道：

8

"若要回家，不论哪一天，马翁要去便去，断没有世俗上的拘牵。令爱亦可常到舍间来盘桓，我的孙女很喜交友，也好让她们讨教诸教。"

马瑐见吴仕廉诚恳，遂一口应承，吴仕廉不胜之喜。三人又讲些前朝后代的历史，以及吴仕廉听鼓时的逸事。原来，吴仕廉在盛清时曾中过进士，历任登州知府，冀州道、河南提学使、御史大夫、长芦盐运使等官职。自从革命军武昌起义，一呼四应，打倒了清朝，改革政体以后，他便告老回乡，住在城内幽兰巷，宅后有一所很大的园林，是他经营建筑的。他的长子早死了，所以内政由他的媳妇文氏执掌，遗下一个孙男，名璧人，两个孙女，长名柔慧，次名柔娟，都生得聪颖非凡，吴仕廉十分钟爱。还有一个女儿，嫁在杭州，不幸在几年前头，夫妇二人染着时疫一齐故世，剩下两个女儿，由婶母抚养。吴仕廉时时惦念这两个外孙女，他想，请了马瑐去教读，也要接她们姊妹俩来读书，照顾照顾。

当时三人谈了多时，看看日影已西，马瑐又抚了一曲《龟山操》，两人立起身来告别道：

"我们萍水相逢，一见如故，将来马先生进城后，我们时常可以叙谈。天色不早，我们也要告辞了！"

马瑐道：

"寒舍亦须料理料理，大约下月初可以到府上去。"

吴仕廉道：

"月初我当再来迎迓，后会有期！今日惊闹了。"

于是，马瑐送到门外，鞠躬而别。

两人回到舟中，命船娘重摆酒菜上来，摇回城去。徐则诚道：

"适才说此地可以隐居，不想琴声为媒，竟遇处士，接谈之后，亦能沆瀣一气。仕廉兄又为令孙女得一名师，此中可说是天缘了，我家美儿和蕴儿到那时也要来受业请益的。"

吴仕廉道：

"我一向要请你家两个孙男女到我处来游玩，好让他们结识朋友，不致孤陋寡闻。现在既得这位名师授业，大可聚在一起研究文艺了。"

两人谈了一刻话，肴核既尽，杯盘狼藉，船也回到胥溪。吴仕廉付去船资，两人走上岸来，各自告别回家。

仕廉到得家里，把自己游湖遇见隐者马璆，请他来此教授他们文艺的事告知他的孙儿、孙女，璧人等都很快慰，大家盼望那位名师早早光临。

却说马璆送走了吴、徐两翁，也把这事告知他的老妻、娇女，清涓很不赞成伊的父亲出外授徒。可是马璆一言既出，驷马难追，不能反悔了，遂对清涓说道：

"横竖相隔不远，有事可以朝夕往返，如若不合，也可辞退，很自由的。听说吴翁的孙男、孙女都很好学，如能收几个得意弟子，未始不是一乐，所谓'得天下英才而教育之，三乐也'。"

清涓方才无言。时光迅速，转瞬已至约期，马璆收拾行李书箱，准备吴翁来迓。到了那天午后，果然吴翁摇着船来接马璆，并且送上贽仪四十金，礼物四色，代马璆点上一封全通红烛，马璆遂和妻女叮咛了几句，跟着吴翁，带了行李，坐船而去。欲知

10

马璆春风绛帐的逸事，请看下回。

评：

这个楔子虽不过数百字，而很使人惊心动目，全书大意即在此中了。

一部长篇的哀情小说，叙述儿女子情场中事，开首偏写着隐者游湖淡淡地说拢来。

石湖风景清丽的是个好地方，然而当此萑苻遍地之时，也未可视为乐土。徐翁之言不错。

写过马璆，却先轻轻逗露出一个好女子来，如惊鸿一瞥，令人可念。

第二回

绛帐红毹女弟子
锦心绣口妙文章

　　幽兰巷东一带粉墙，一个朝南的大墙门，漆得又光又亮，门前清洁宽敞，时时有簇新的包车在那八字照墙里停着。门上有一块雪亮的铜牌，上刻着"延陵寓庐"四字，这就是吴仕廉的住宅了。

　　马璆到了吴仕廉府中，见画栋雕梁，绣闼雕甍，果然是金张门第，有富丽气象，仕廉便请马璆到碧桃轩憩坐。那碧桃轩在花厅后面，轩前有四五株碧桃，正在开花，娇艳可爱，还有两株洒金石榴，一堆玲珑的小假山。轩的东首有一条荔枝小径，过去有一个月亮门，双扉掩闭着，上有"小桃源"三字，乃是通花园的门，隔墙树木葱郁，鸟声清脆，很见幽静。轩上窗明几净，陈设精雅，窗前放着一张书桌，朝里一排，紫檀椅几壁上挂着何子贞的字、八大山人的画，琳琅满目。仕廉请马璆到轩中坐下，早有人献上香茗，还有四盆细式茶点。仕廉对马璆说道：

　　"小孙璧人现在本地平江大学里肄业，要星期六回家，所以今天不在舍间，以后要请马翁每星期和他讲解些文学源流。还有两个孙女，大的在家学画，小的在近段一个维多女学里读书，朝去晚还，放学后可以受业，现在我去唤她们出来拜见拜见。"

说罢，走出轩去。不多时，笑嘻嘻地走回来。马珵鼻子里嗅着一阵香馥馥的兰麝之气，接着眼前一亮，早见两个妙人儿走进轩里，一个年纪大些的，秀发覆额，打着截齐的刘海，背后梳一个爱丝髻，面儿团团的，颊儿嫩嫩的，吹弹得破，蛾眉曼睐，嫣然欲笑，身上穿一件蜜色缎子的夹旗袍。小的也梳着一个爱丝髻鬈发，如云明眸如水，婀娜中微露英爽之气，穿着一件淡灰哔叽的旗袍，四周滚着红卍字边，脚下一双高跟革履。一对姊妹花立在面前，好似玉树双辉，琼璧交映，马珵不觉暗暗赞美。吴仕廉指着马珵便引见道：

"这就是马先生，你们在夫子大人前当行敬礼。"

两人遂深深地一鞠躬。又对马珵说道：

"这就是孙女柔慧和柔娟姊妹，今日拜列门墙，要请马翁切实教诲，不必客气。"

马珵捋着短须答道：

"不敢！令孙女一见而知为聪明人，可喜可贺。不才情愿竭我一得之愚，以报知己，将来谢道韫咏絮才华，不足专美于前的了。"

仕廉遂请马珵仍旧坐下，又命柔慧姊妹也坐在一旁。马珵略略向两人问了几句读的书，才知柔慧正读《史记》，柔娟在维多女学里读的讲义，是由教师选授的，姊妹俩的国学，柔慧比柔娟来得高深，柔慧又喜读《庄子》和研究白乐天的诗。不多时，姊妹两人退去，仕廉又陪着马珵谈了一刻，时已近晚，外面有几个客人到临。原来是仕廉要设宴款待马璆，特地请来的陪客，那几个客人，一个是徐则诚，和马璆见过面的，其他一个是画家张静影，和吴仕廉带些亲戚关系，现在时时到吴家来指点柔慧学画，一个是师范学校的国文教员卢思非先生，一个是围棋家丁旭初，一个是吴家的总账房王回，还有一个是柔慧的小母舅文立人，年纪只有十七岁，生得肥头胖耳，是一个肥人，喜说滑稽话，大家称他苏州卓别林。当时仕廉便代马璆向众人一一介绍，吩咐下人将酒宴摆在舞鹤堂上。舞鹤堂在花园东偏，和花厅接近，有门可通，仕廉便引导众人由花厅边走去，见舞鹤堂上电灯都亮了，正中悬着一盏荷花式的电灯，照在酒席上的银箸银杯灿灿生光，两旁还立着两支铜杆的电灯，覆上黄色的灯罩，淡雅得很。堂前庭中两株梧桐树还有一对白鹤关在铁丝网里，见有客来，引吭长鸣，好似欢迎一般。堂上陈设美丽，仕廉常常在此宴客的。

当下分宾主坐定，请马璆坐了首席，仕廉亲自敬酒，文立人傻头傻脑地先开口道：

"马老先生是大文豪，现在竟肯有屈来教授我那两个甥女，俱是一件荣幸的事，但下走一向荒唐，生平不肯读书，见了书便觉头痛，不知何故，此后也要常向马先生讨教，不知马先生要不要当我互乡童子看待呢？"

马璆答道：

"岂敢岂敢！从前师旷云：'少而好学，如日出之阳；壮而好学，如日中之光；老而好学，如炳烛之明。'魏文帝又说：'人少好学则思专，长则善。'望足下正是青年，若能好学，何患无成？学之不好，所以有头里痛了。"

马璙说了几句话，果见文立人抱起头来带笑说道：

"不错，我现在又有些头痛了。"

吴仕廉本不请文立人入席的，因为立人时时前来凑巧，今天他又不约而到，只好也叫他坐坐，预先叮嘱他不要胡言乱道。此时仕廉恐怕他说出滑稽的话闹得无礼，便抢着说道：

"我们大家不妨痛饮，今天我预备的十年陈酒，如有刘伶之癖者，必然知味。"

大家遂举起杯来喝道：

"好酒！"

下人托上一大盘鱼翅来，仕廉又敬过酒，大家下箸吃鱼翅。马璙又和徐则诚、张静影等闲谈字画，文立人不时要抢嘴，仕廉对他使了一个眼色，他遂不说，尽顾吃菜。直饮到十点钟，个个人有些醉意了，文立人早喝得醉伏在桌上，鼾声大起，仕廉命下人扶去，方才散席。众客都告辞回去。

仕廉又引马璙到碧桃轩去，开亮了灯，见轩后有一个小小房间。仕廉吩咐下人开门进去，旋亮了灯，见里面床帐俱全，桌椅整洁，窗边还有一张大沙发可以坐卧，正是一个很好的客房。马翁带来的行李书籍皆已安放在内，仕廉道：

"有屈马翁便下榻在这里，如有呼唤，可喊下人小福。"

随即指着身边一个年轻的男下人道：

"他就是小福，有什么差遣，千万不必客气，我叫他早晚伺候马翁的。"

马璙道：

"多谢仕廉先生如此盛情款待，备见渥厚，不才非常感激。"

15

仕廉又和马璪坐下谈了一刻，才道：

"今天辛苦了，请早些安置吧！"

遂向马璪告辞，走出碧桃轩去。这夜，马璪便住在其中，一宿无话。

次日，马璪晨起，早有小福来伺候一切，盥洗既毕，送上早餐。马璪用了看看书，到午饭时，仕廉又来闲谈几句，请用午膳。饭后，回到碧桃轩，才见柔慧穿着一件浅绿色的绸旗袍，挟着几本书翩然而来，向马璪行了一个礼。马璪叫伊坐下，便把《史记》教授讲解一段《封禅书》，这《封禅书》是洸洋曼衍鸿篇巨制，马璪把书中的精义和脉络细细讲解，又把太史公讽刺武帝信方士好神仙的弊病之处抉摘无隐。柔慧听了，很是佩服。

到了下午四点钟时，柔娟已放学回来，也挟了书来受业，柔娟读的是《古文辞类纂》。马璪也讲了一篇归有光的《项脊轩志》，也是归氏得意之作，用笔细腻，传神阿堵。以后又把《诗学源流》略略讲解，一天的功课过去，马璪出了两个文题，一个是《汉文帝细柳劳军论》，给柔慧做，一个是《用人不求备论》，给柔娟做。明天两人都交卷了，马璪取过柔慧做的《汉文帝细柳劳军论》来一读，不觉拍案叫好，上写着道：

法严固足以治军，而功高亦足以震主，自古英雄豪杰统百万貔貅，杀敌致果于战场上者，非其法令严肃，足以指挥三军，则安能战必胜，攻必克哉？

然而威严行于军戎，法令不及天子，若披坚执锐，陈兵卫以见万乘之主，而倨傲鲜腆视天子，如匹夫其轻

16

蔑自大之状，有足令人惊奇者矣！设人主心中微有不适，则其危何如？吾读《汉史》至孝文劳军细柳一事，未尝不敬亚夫之有胆略，而爱文帝之有大度也！夫亚夫之见天子，特欲显扬其军威耳，岂有陈军以危天子之心哉？唯其欲炫耀其军威，故锐兵刃，彀弓弩，阻天子之先驱，缓天子之车驾，不自觉而已陷于傲君之罪矣！

然文帝明主也，其劳军细柳，岂真以恩惠赏三军之功哉？殆欲察众将军中有将才武略如廉颇、李牧之流可以专阃外之权，率全国之师以御北方匈奴乎？故其言曰："嗟乎！此真将军矣！曩者霸上棘门军若儿戏耳！其将固可袭而虏也，至于亚夫可得而犯耶？"即此数语，可以知文帝之心矣！

呜呼！亚夫令军中不得驱驰，而文帝乃按辔徐行，亚夫言介胄之士不拜，而文帝即改容式车，岂文帝之有畏于亚夫耶？亦以其将才可用、军威可敬，故欲成其名而聊自卑屈也！

嗟乎！若文帝者可不谓亚夫之知己乎？假使亚夫所见者非汉文而高祖，则必怒其跋扈，妒其智勇，恐细柳之劳军，即云梦之伪游矣！

故我曰法严固足以治军，而功高亦足以震主，若明哲保身者必不肯出于此也！夫万乘之君，犹天矫之龙，龙项下有逆鳞三寸，撄之则毙，若天子之前，敢出非常之举动，以犯其怒，则犹批龙之逆鳞，焉有不败之理乎？

是故具斡旋世运之才，而不有审察是非之能者，不幸则为宋之寇莱公，清之年羹尧以自害其身耳！若亚夫者，生而逢辰，幸遇明主，锥处囊中，脱颖而出，以致细柳劳军传为千古美谈，而圣帝名将上下知己至今读之尚勃勃有飞扬之气也。然而傲视君上，不学无术，怏怏之貌适足以启人主之疑，所以文帝崩而杀身之祸作矣！岂不哀哉？为条侯计者，既见知于文帝，则山陵崩而知己失，吾功名已成，宜急流勇退，效留侯之从赤松子、范蠡之游五湖，自营菟裘，颐养林下，为风月主人，不亦乐乎？何图智不及此，恃功以傲人主，而贪慕顾惜，不忍遽去。不知彼景帝者非文帝也，臣主之心迹未明，而遽效故智，则景帝忮刻，有不生猜疑之心乎？疑心一起，则谗言入耳，而条侯犹不稍自敛抑，则有不下诛灭之旨乎？

　　呜呼！亚夫勇有余而学不足也，虽然当文帝之时，外有匈奴之患，内有七国之乱，烽烟不静，人民不安，国家之乱藏于无形，卒能克敌御侮逐匈奴于塞外、平吴楚于国中、立不朽之功者，非条侯周亚夫耶？诵"兔死狗烹，鸟尽弓藏"之语，不禁有无穷之怆也。

马璆从头至尾读完了，连连点头称赞道：

"这篇论文虽不能说优美到极点，可是小小女儿能够有此功夫，在今日国学衰颓的时候，已是不可多得了。"

遂提起笔来略略改削了几个字，加上许多密圈和眉批，背后写上一个评语道："精理名言，络绎奔赴，能将汉文条侯心事曲曲写出，可谓读史有识。"又看柔娟所做《用人不求备论》。其文道：

　　篙工舵师，风讴雨吟，逐波于万顷之中，纵一苇之所如，人皆服其技而利用之于水焉；车夫马卒，餐风饮露，跋涉于丛山之间，挥长鞭而驰驱，人皆服其技而利用之于陆焉。若使舟子御车而马卒乘舟也，则有不颠踬覆没者乎？于此可知，人各有能与不能，但舍其不能，用其所能，可矣！若欲苛求其全备，而无遗此，亦难能之势矣！而况天生贤才阅五百年而一产凤毛麟角，其难如此，而欲尽人求其备，岂非难哉？故《论语》云："无求备于一人。"其亦深知此义也。

　　呜呼！人之精神有限，世之才能无限，以有涯应无涯，以一身而兼百职，劳神苦思，焚膏继晷，恐艺未成而形质耗矣！是以孔子之徒有三千，而分其科曰德行，曰言语，曰政治，曰文学，使各有所长，各有所用，其所以如此者，岂非以才不胜学而使其专于一艺以成有用之才乎？然则取长舍短，诚用人者不可不知之道矣！昔卫灵公能仲叔圉治宾客，祝鮀治宗庙，王孙贾治军旅，故其国不致灭亡，非然者以灵公之无道，宜倾覆其社稷者矣！又若尧舜之时，禹、稷、皋、陶、夔等，各有其职，故百政修明，四海安谧。由此言之，一长一技，皆可以用，不必求其全备，唯在人君之能量材使用耳！苟能量材使用，则任职者各尽其才，蒸蒸日上，无隔阂之

19

虞矣！此犹匠氏之造屋，材无巨细，各有所用，樽栌侏儒，根阘扂楔，施之具宜者，则大功告成也！

今之官吏则不然，忽而教育，忽而参谋，忽而矿务，忽而农商，每数岁辄一迁，甚至数月辄一调，自庸夫愚妇视之，疑其具万能之学术而叹为望尘莫及，而不知职无专司，才安能施？蒙蔽世眼，敷衍塞责，其所注重者，金钱而已，政事非所问也！嗟嗟此今日中国，所以衰败之故欤？吾愿执政者用人不必求其全备，只须熟察其才之长短，而善用之也可。

柔娟的国文在学校中算为翘楚，这篇论文，虽也有少许语句近乎稚嫩，可是说理圆到，文笔畅达，和柔慧那篇异曲同工，所以马璆援笔改了几句，加上一个批语道："发挥题旨，佐以书卷，颇有五花八门之观，文笔亦操纵自如，不露堆垛之病。"自喜有此一对聪明女弟子执经问难，颇不寂寞，比较自己的女儿有过之无不及，将来她们见面后，必然投合。又把两人的卷子留给吴仕廉，仕廉看了，也很快活，又告诉马璆说：

"下星期一徐则诚的孙男、孙女也要来拜列门墙了。明天星期六，小孙璧人将从校里回家，也叫他来领教，后天我要差人到杭州萧家去接我的外孙女来到，那时，门墙桃李一时称盛，碧桃轩中弦诵之声不辍了。"

马璆听了，自然喜悦。明天星期六，璧人回家，仕廉引着去见马璆，马璆见璧人风姿俊逸，如玉树临风，果然不愧"璧人"两字之名，问问他的胸中学问，见他应对如流，也是好学之士。马璆十分器重，遂定每星期六教授诗词。星期日马瑢却要回去的。

这个星期日，马瑢因为刚到吴家，所以不便即回，到了星期一，徐则诚引着孙男子美、孙女慕蕴来受业。子美翩翩少年，举止文雅，慕蕴也很幽娴，和柔慧姊妹很合得来。子美是每天下午来读到晚上去，因他在上半天要去补习英文、法文的。徐则诚家中很有资财，子美喜欢研究美术，音乐啦，图画啦，跳舞啦，戏剧啦，都喜欢研究，人也很活泼，他的梵婀玲独奏在本地是很有名的，他的妹妹慕蕴却不喜出外交际，为人很是静默，伊却寄宿在吴家，和柔慧同住，因朝晚往来不便，故而如此。柔娟又去介绍来一个同学名汪琬的，来读诗词。碧桃轩中每天书声琅琅，那几株碧桃也开得锦霞烂漫，人面桃花相映红，艳绝雅绝。吴仕廉遂命老仆吴贵带了盘缠快到杭州去接两位小姐前来，柔慧姊妹闻得两个表姊妹要来同窗，十分欣喜，等到吴贵去后，专盼她们到临。欲知后事如何，请看下回。

评：

　　两篇论文笔力着实可惊，现在的名媛闺秀是望尘莫及了。

　　就作者说这一回是懈笔，就读者说却也觉得津津有味，仿佛听《三国志》，背《铜雀台赋》、前后《出师表》一样，算是关子的。

　　长篇小说最难是脉络贯通，这一回有几个人物和全书有重大关系的，作者已经隐隐露出一点端倪来了，读者不要忽过。

第三回

伤遭际耐受冷言
深阅历畅谈黑幕

　　小小一个厢房内，沿窗安放着一张写字台，有一个女子坐着，正自握着一支笔在纸上嗖嗖嗖写下去。那女子约有二十岁光景，梳着一个横爱丝髻，穿一件绿地白点的花洋布夹袄，生得俏丽的面庞，只是两颊稍觉瘦些，两道水汪汪的秋波正注视在纸上。忽地门外又走进一个少女来，年纪有十七八岁，却梳着一个爱丝髻，身上穿一件藕色假华丝葛的旗袍，明眸皓齿，娇小玲珑，跳跳纵纵地走到写字台边，对那女子说道：

　　"姊姊，你在做什么？"

　　女子放下笔，带笑说道：

　　"我正学做一篇小说，名《渔人之女》，不知道好不好？"

　　少女笑道：

　　"好啊！姊姊竟想做小说家了。前天黄叶翁来，把姊姊做的一篇笔记带去刊在《真美》周刊上，不料提起了姊姊做小说的兴致了。"

女子道：

"黄叶翁说今天下午要来，所以我要紧赶好的。妹妹你何不也做一篇?"

少女摇摇头道：

"我不想这个。"

正在这时，忽听外面喊道：

"两位小姐好出来吃饭了，又在那里弄什么劳什子的文章?可惜不是男子，起什么劲?天天吃饭要人请的，真好写意。"

女子听了，顿时皱皱眉头，对少女面对面地看了一眼，连忙立起身来，一齐走出室去。在客堂内，八仙桌子旁已坐着几个人在那里吃饭了，两人忙在下首坐了，端着碗筷，一声不响地用饭。朝外坐着的一个中年妇女对她们怒目看着，口里叽叽咕咕地说道：

"不管事的人实是福气，米也不知道几块钱一担，柴也不知道几个钱一斤，只晓得坐上来吃便了。还要搭臭架子，要人请。"

两人听了，仍不作声。大家勉强吃了一碗饭，把筷向碗上一搁，又向妇人说道：

"婶母慢用!"

那妇人正夹着一块红烧猪爪细嚼，也不去睬她们。两人揩了面，回到房中去，女子在床上一坐，把一块桃红的小手帕拭着眼泪说道：

"婶母说的话何等尖刻，真是使人难受。我看伊近来对我们姊妹两人益觉不成模样了，以后或者要动手打了，我真气得饭都吃不下了。"

少女也含着眼泪道：

"总是没有父母的苦处。"

女子又道：

"想我母亲故世时也有五六百金现款被伊取去，房子也是祖产，我们吃伊些白饭，也不罪过。伊看我们父母面上，也该照顾我们，况且外祖爹时常有点款寄来，都是伊收下的。不过近来好久没有钱寄来了，所以伊心中说不出的难过，对待我们更加凶了。"

少女道：

"我们现在只有耐心守着，外祖爹曾说过今年他要招我们去住的。"

女子道：

"寄人篱下吗？孤苦伶仃，当然容易被人家欺负的。我只怪我们命苦，早岁没有了亲爱的父母，受人家的气，不然何至于此呢？我常见人家有父母的，何等得到父母的爱惜？可怜我们还有谁来爱惜呢？"

说罢，掩着面不胜呜咽。你道这一对姊妹花是谁？原来便是吴仕廉想着要接她们去读书的萧家姊妹了，她们姊名咏梅，妹名咏絮。吴仕廉的女儿嫁到萧家，只生了两位千金，便跟了伊的丈夫到阴间去，丢下咏梅姊妹，年纪还轻，只得靠婶母过活。咏梅、咏絮本来在某女校读书，成绩很好，后来没有学费，也就辍读，那婶母自己也有几个子女，很厌恶她们姊妹两个，不情愿养她们，幸得外祖吴仕廉很怜惜她们姊妹两人，常常寄钱前来，作为津贴。去年，吴仕廉有事来杭，顺便去看看两个外孙女，得悉

24

她们的孤苦状况，便想接她们到苏州去住。把这个意思告诉咏梅，所以两人也很盼望仕廉去接，不再受她们婶母的气。

邻居有个陈姓老翁，列署黄叶翁，是个小说家，著述很当，和咏梅姊妹的亡父在生前也是很好的朋友，因此常要到萧家来坐着闲谈。咏梅很喜看小说，伊的国文程度也还不错，所以见猎心喜，常要学做小说，求黄叶翁给伊改削。前天做了一小段笔记，给黄叶翁代为付邮，寄到《真美》周刊上去，果然就登了出来。这一下竟把咏梅撰述的兴致提高起来，余勇可贾，又做了这篇《渔人之女》，不料两个人在房里讲小说，忘记了吃饭，遂受着婶母许多说话，触动了她们悲哀。

到得下午，一声咳嗽，黄叶翁早已踱进门来，坐定后，咏梅取出伊的得意作品给黄叶翁看，仍要请他介绍到《真美》周刊上去。黄叶翁读了一遍，笑着把稿收了，藏在身边皮夹中，再对咏梅道：

"梅小姐要希望做小说家吗？这事不是容易的，你的文笔虽好，但成名不成名，恐还不全在这个上。今日我谬列著作之林，枉自称了个小说家，实在很不容易，一支秃笔受尽许多肮脏的气。现在左右无事，讲些给你听听，也使你们知道小说家可为而不可为了。我在少年时，喜欢东涂西抹，作些诗词和笔记，人家看了，都很称赞。其时，报纸附张专刊小品文字，我遂作了一些去投稿，谁知等了长久，不见刊出。我又去投别种报，也如石投大海，杳无声息，我暗暗痛恨那些编辑人，为什么不肯将我的著作披露，而天天尽量刊载的诗词小说总是几个熟人？看看他们的作品，有些固然不错，但有些也未必尽美，还是和我所作的不相上下，但他们却像店家的老牌子，一一登出来了。最可气的，我在中秋节做一篇就百文章，投到一家报馆去，那篇文字做得十分用心，含义亦很好，文笔亦隽新，以为总可发表了。谁知到中秋日一看，报上都刊着应时文章，只有自己那篇《中秋月》没有刊出，那时我大为失望，对于投稿一事有些灰心了。后来，有一个朋友要办一种月报，知道我喜欢撰稿，遂写信来请我做特约撰述员，我自然应承，遂先做了一篇武侠小说去，这一回登出来了。我把我登出的说稿读了又读，觉得很妥很稳，没有什么毛病，以后遂每期撰些稿子去，可是没有什么稿费到手，那朋友每月送我一本月报，又另外赠送许多信笺、书籍，便算酬谢我了。这样过了两年，我的文字才露些头角。有一家书局要出版几种书，要我作一种长篇小说，我答应下来，撰述了一年，才得全书脱稿，恰逢那书局因为时局影响，不即发排，我屡次催促。又隔了一年，始行出版。"

咏梅道：

"哎哟！这样厌气吗？换了我，是等不及的，天天要到书局里去跑一趟了。"

黄叶翁笑道：

"照你说话，我在杭州书局，在上海天天要坐火车了，可能这样办吗？像我的还快呢，我的朋友丁雪蕉，他有一本短篇小说集，托某书局出版，足足延宕了三年，方才勉强出版。你想，出一部书要这样地不爽快，小说还有做头吗？幸其时杂志周刊盛行一时，我又各处去投稿，因为我已在某月刊上做了一年文字，又出过一部书，'黄叶'两字的大名人家不致十分陌生，遂有几处录取了。我乃喜足勇气，继续投稿，黄叶的著作于是散见于各杂志。我又到过几次上海，和那些著名的小说家渐渐相识，他们也很推许我的小说，要我寄稿去，我乃大忙而特忙。又有许多文艺小报常要来求我的著作，他们来信竟然称我文豪啦，小说巨子啦，十分恭维，但我哪里有许多工夫代他们撰稿呢？有几处因熟人情面关系略为敷衍，可是我虽忙得天天要伏案走笔，文债山积，然而得到的稿酬却很少。"

黄叶翁说到此时，杯中茶已喝完，讨茶吃了。咏絮跑到外面，取了茶壶进来，代他倒满了一杯，看黄叶翁喝下，又问道：

"这是什么缘故呢？"

黄叶翁道：

"有几处书局酬报极薄，往往零头要塌便宜，大洋付小洋，有的却登是登了，稿酬终不寄来，必要你几次三番写信去索取，然后寄一些前来。你想人家高兴不高兴？然而除掉这几处，别处还有什么地方可以发表作品呢？只得做了。至于小报呢，往往寄了稿子去，登出之后，送你一份义务报就算完了，休要想什么稿费，他们都是短寿命的出版物。"

咏梅听了，说道：

"原来投稿的内幕如此，真是使人闷气。"

黄叶翁道：

"还有难受呢！做小说的人要出一种书须仰仗书局老板的大力，因为一没有资本去付印刷广告等费，二没有许多工夫去推广，素来和各处书局不相往来，无处推销，不免大大吃亏。我有一个朋友，他很有资财的，想发行一种杂志，便请了一位小说家做编辑主任，出了一种半月刊，内容很是丰富。我也常常寄稿去，出了十几期，那朋友竟蚀去了几千块钱，多了几千本书，支持不来，也就不高兴办了。又有一位朋友，出一种画报，经营之始，托我去拉稿，我遂向各处文友求稿子去，果然纷纷寄来。那画报出世后，十分精美，舆论很好，可是因为主办者没有推销能力，成本又很大，出了几期有些危乎殆哉的样子。后来，又变更体裁，缩短出版日期，哪知益发不济事了，只好停版，却难为了我，怎样去还四处向文友索来的稿子呢？有的稿费还没有付去，却向谁算账呢？所以，外行去办，一定要失败，不得不让书局老板去干。可是那些书局老板有的还肯略略花钱，有的不学无术，不管你的著作怎样优美，只要这书出版后能够赚钱，便算好。往往你把好的著作送给他，他道这些作品你先生以为是好，无奈现在没有钞路，摇头不受，而他却要请教你做些诲淫诲盗的文字，好使他赚钱去，有志气的肯答应他吗？于是一班无聊小说家要得些笔资，便枉道事人，昧着天良去做那种卑鄙龌龊的文字，吸引一班无知的青年堕落。他们的心志和书局老板朋比为奸，出种种淫书不求名只求利，所以我常说小说家要求名的还是好的，小说家只怕他不要求名便糟了。孔子说的三代以上唯恐好名，三代以下唯恐不好名。目今的世界，哪里还讲到好名？不要说小说家了。唉！我辈小说家提着一支笔写出去后不知道有许多人要看，他描写的时候，稍一不慎，便难免一种趋于恶的暗示，何况实行诲淫主义呢？"

咏梅道：

"你们许多小说家不妨成立一个社，互相监视，不许著述这

28

项作品，自然书局老板也无从得稿了。"

黄叶翁道：

"这也能说而不能行的，小说家派别很多，难免门户之见，时常要打笔头官司，哪里能够联合得来？海上小说家曾成立一个青社，可是不久便散了。最长久的要算苏州的星社，但是他们不过联络感情做文字上的商榷，社员不多，并无什么名义、什么目标，很随便的，大家客客气气，没有权利冲突，所以能够持久。"

咏絮道：

"那么可以请求教育厅或地方官吏禁止出版。"

黄叶翁道：

"小姐，你们只知其一，不知其二，出令禁止当然把那些书名颁布，这就无异代他们出一种广告，他们明里不好卖，暗中仍旧出卖，主顾反多。他们最欢喜人家骂他，因为一骂之后，名声更多，自然有人情愿送钱去的。"

黄叶翁说到此间，叹了一口气，又道：

"君子道消，小人道长，有谁能做中流砥柱呢？所以，好好的小说家要求出版，难乎其难了。而文化潮啦，模特儿潮啦，画报潮啦，还有现在小报潮，小说已由盛而衰，许多小说家因为卖文难以过活，不得已而投笔从戎者有之，弃文就商者有之，黄钟毁弃，瓦釜雷鸣，只让着那些一知半解之流去摇旗呐喊，做许多投机的文字罢了。即如我漫迹说界中二十年，薄有一些声名，所以还立脚得住，但是，收入的稿费还是有限，岂像欧西小说家稿费丰润？只要出了几部书，终生可无衣食之忧，可优游逍遥，慢慢做些得意之作呢！而还有一班羡慕做小说家的青年，费了宝贵

29

的光阴，依样画葫芦地来做无聊的文字，希望成名，东也投稿，西也投稿，岂不可怜吗？所以，我说小说家可为而不可为。梅小姐，你还是不要做小说家的好。"

咏梅笑道：

"我也是一时高兴，邯郸学步，哪里有做小说家的资格呢？你老人家可算大名鼎鼎的小说家了，还是这个样儿，后生小子更无论了。今天听得你老人家的一番宏论，使我明白做小说的内容是这样的，真是可为而不可为了。"

黄叶翁道：

"根之茂者，其实遂；膏之沃者，其光烨。无论你做小说家不做小说家，总须要学有根底才颠扑不破，一时浮名有何歆羡？你们在青年时代，正宜枕经葄史，及时好学。"

咏梅道：

"不错，我们在这里幸亏有您老人家时时指教，感激得很，我家外祖爹前次来信说过要请一个博学硕儒去教授我两个表姊妹的国学，若能请到，也要接我们去同读，不知道现在可有请着？我们朝夕在此盼望。"

三人正说着话，忽听敲门响，早有下人出去开门，听得是男子的声音，正和婶母讲话。不多时，女仆进来报道："苏州吴老爷差人来了。"听说外祖处有人前来，这一喜非同小可，一齐跳起身来，跑到外边去。黄叶翁也跟了出来，咏梅姊妹跑到外面，见吴贵带着不少礼物立着讲话，遂道：

"吴贵，你来了吗？"

吴贵见她们出来，也笑着叫道：

"是的，两位小姐可好？我家老太爷差我来杭，要接两位小姐到苏州去，有信在此。"

说罢，便从身边取出两封信，一封递给咏梅姊妹，一封递给她们的婶母。咏梅忙拆开读了，告诉她婶母道：

"外祖家中现请着一个先生，要送我们去读书，还有五十块钱送来，是给婶母的，婶母的信上也写着。"

那婶母听了，带笑说道：

"你们欢喜读书，便有人来接你们去读书了。很好很好，我是不识字的，稍停等你大伯回来给他看，只是你们去后我要觉得冷静了。"

两人笑笑不语。黄叶翁也道：

"你们姊妹要到苏州去了，何日动身，我来送行。此刻我有些小事要去，你们谈话吧!"

便告辞而去。咏梅姊妹又叫吴贵坐了，问问外祖家里的近事，老人家身体可好？心里说不出的快活。晚上，大伯回来，自有一番言语，不必多赘，她们便定后天动身，忙着收拾行李，又去买了些杭州著名的土货，像火腿啦，橄榄啦，扇子啦，种种东西，也买去了十多块钱，都是两人平日积蓄下的。婶母也买了几样东西答送吴家，又买了两条线毯给咏梅姊妹，叮嘱她们到苏后时时要写信来，不要相忘，将来还要接她们回家。咏梅听了，暗暗好笑，想：你现在已讨厌我们姊妹两个吃你的饭，还要说什么将来，临走时偏要说这些好听的话，不怕人家牙齿笑掉？次日，两人又去辞别黄叶翁，仍要请他常常赐教。

到了后天，咏梅姊妹便和她们的大伯、婶母、堂兄妹等拜别，带了行李，由吴贵伴着，坐车到火车站去，将行李送了行李房，买了车票上车，一声汽笛，便离别了西子湖头。欲知咏梅等姊妹去后诸事，请看下回。

评：

　　小说家的苦衷和盘托出，作者也是借他人酒杯浇自己块垒，所以如此慨乎言之。

　　上回两篇论文显出多少才华，这回一篇小说却用略笔轻轻带过，这是文章详略参互的秘诀。

　　越是心怀叵测的人越会说好听的话，咏梅、咏絮两姊妹何等聪明，岂有不懂婶母意思的道理？所以说笑落牙齿，实在这牙齿也只好向肚里咽去。

第四回

绛云楼姊妹重逢
红梅轩主宾欢聚

咏梅姊妹坐着火车到了上海，再换车赴苏，到吴仕廉家中时，已近黄昏了。先到杏芬室，拜见了外祖父，吴仕廉见咏梅姊妹更长得秀丽可人，亭亭玉立，一对姊妹和自己的孙女真是琼枝璧月一样佳丽，而咏絮的眉黛之间，更像他的亡女，遂握了她们的手，问长问短。两人一一回答，见老人家身健体康，很觉安慰。吴仕廉遂带了她们到里边绛云楼来。

此时，文氏和柔慧姊妹、徐慕蕴等得了信，早已候在楼下，两人上前拜见舅母，又和两个表姊妹见礼。柔慧又代慕蕴介绍见面，此时，五个人立在一起，都是碧玉年华、绿珠容貌，一样似的窈窕淑女。柔慧年纪最大些，二十三岁，徐慕蕴二十一岁，咏梅二十一岁，柔娟十九岁，咏絮最轻，只有十八岁。文氏早已把她们的宿处预备好，即在绛云楼下西偏的清芬馆里，地方很是幽洁，收拾得洁净无尘，遂先引她们去休坐。吴仕廉命吴贵把行李送去，另叫一个侍婢名阿香的专服侍咏梅姊妹，又吩咐了文氏几句，回到外面去了。咏梅姊妹早由文氏等陪着在清芬馆中坐谈，她们表姊妹以前也常有书信往来，所以感情很好。谈了一刻，又到外面去用晚饭，饭后，文氏因为她们姊妹路途辛苦，所以叫她们早早安睡。

一宿无话。到了明天，梳洗毕，早有柔慧、慕蕴前来，伴着咏梅姊妹到碧桃轩拜见那位马老师。马璆见咏梅姊妹都具冰雪聪明之姿，很觉欢喜，遂问问她们所学的，咏梅性近骈体文章，遂把《文选》和《文心雕龙》教授伊，咏絮也读《古文辞类纂》，但伊写得一手好魏碑，马璆啧啧称美。到了下午，徐子美挟书前来，柔慧代他们介绍相识。四点钟时，柔娟和汪琬也姗姗而来，又代咏梅姊妹和汪琬介绍了，一同读书。

到得星期六，璧人回家，见了咏梅表姊妹，觉得相隔数年，容姿焕发，大非昔日青梅竹马时可比了。璧人这个人很有女性，所以和她们很亲近。明天，马璆回家，柔慧要求马璆带师妹前来，彼此可以做个朋友。马璆笑道：

"我也很有此意，但清儿性情孤僻，落落寡合，况又长住在乡间，恐怕和你们有些贵族式的小姐不能十分接近的。"

说罢，哈哈大笑。柔慧道：

"先生说我们是贵族式的小姐，我们不能承认，我们虽有几个钱，绝不敢因此而骄，并不像那些富家千金呼奴喝婢，金枝玉叶般地自珍自大。"

马璆道：

"真是贵族其形，平民其心，我是和你们说笑话，你们都是明月青山风雅高洁，不是俗气满身的女儿，我回去后准对清儿细

34

细解说，一定带伊来见见便了。"

柔慧听说，自然十分欢喜。马璆走后，璧人忽然做发起人，要开一个欢迎会，欢迎咏梅姊妹，并说：

"我们联合以后，从没有畅聚一番，联络感情，因此也可以说开个联欢会。"

柔慧姊妹都说赞成，早上便命下人去请汪琬和子美兄妹来。不多时，三人齐到，大家到红梅轩去集会，璧人把意思告知三人，三人也很赞成。璧人道：

"我们可在下午二时开会，你们赞成不赞成？密司汪和徐家兄妹可在我家午膳，省得往返。"

柔娟道：

"赞成。"

璧人道：

"我们要推定一个主席，好预备秩序，你们可举谁？"

这时，忽听轩外大叫一声道：

"举什么人？我也来玩一下。"

随后跳进一个人来，众人一看，正是文立人，不觉好笑。璧人道：

"母舅，你来也好，我们今天开会欢迎我那两个表妹咏梅、咏絮，你也加入吗？"

文立人拍手道：

"加入加入！"

璧人又指着咏梅姊妹道：

"这两位便是。"

又对咏梅说道：

"他是我的小母舅文立人，滑稽大家。"

咏梅、咏絮忙立起鞠躬。立人也即答礼，又对璧人说道：

"你介绍便介绍好了，母舅上何以要加上一个小字？又说什么滑稽大家，多谢你加上我一个诨号，我也要取你一个诨号了。你这位贤甥自命风流，忸忸怩怩的有些女性，我就叫你莺莺公子。"

说得众人都笑起来。璧人面上微红，答道：

"你的年纪比我们轻，而做我们的母舅，所以要加上一个小字。"

又要说时，柔慧抢着道：

"小母舅，我们正在开会，你要加入也好，不要多说笑话了，留些在以后说吧！"

立人不得已，坐在一旁。璧人又问道：

"闲话少说，请你们快快举一个主席。"

徐子美立起来道：

"我便举璧人兄为主席。"

大家拍手道：

"好！好！"

璧人不好推诿，便做了主席，他便写好一张秩序单，朗读给众人听道：

（一）开会

（二）欢迎词　　　　　　　　　　吴璧人

众人听了，大都赞成。只有汪琬道：

"我哪里会唱昆曲？要求主席把这项秩序撤销。"

璧人带笑说道：

"汪女士，不要客气，娟妹常说女士的昆曲十分精妙，前次贵校开会时，女士也曾登台献技，此刻反说不会吗？谁也不能相信。"

柔娟也道：

"琬姊，不必客气，你的昆曲我平日很佩服的，何必推辞？一定要你唱的。"

汪琬也只好应承。众人又在园中游览，那园题名颐园，是吴仕廉亲自经营建筑的，一花一木，亲自栽植，还并着一个旧花园，才有几株乔木。红梅轩正在荷花厅的东首，荷花厅是在园的中央，前有荷池，白石砌成，白石的栏杆。每当夏日，红衣翠裳，田田满池，晚间纳凉池畔，风来香生，胸襟一清。荷池对面堆叠着假山，玲珑曲折，有洞可穿，假山上有一六角小亭，名为醉月亭。从荷花厅走过去，有九曲桥可通，桥尽处另有一亭，名西亭，亭边有几株枫树，秋日盛开时，好似涂着胭脂，夕阳映射，叶翻蜀锦，霜叶红于二月花，煞是可爱。亭后有回廊，很长，名响屟廊，回廊通到南首，有一座牡丹厅，厅前后遍植牡丹。厅上亦陈设得富丽堂皇。厅后有一个月洞门，开出去是一片草地，还没有建筑什么园的，西头便完了。从荷花厅东走，便是红梅轩，红梅轩北面有一个挹翠阁，阁上供奉着大仙。再望北走，便有一座旱船，名云舫，转过去可通假山，到醉月亭是假山洞的后面，从花舫东走便是园门，出去便是小琅环斋，后面小琅环斋一面和绛云楼下的清芬馆相通，一面和女厅相通，这是园的后部。再从红梅轩穿葡萄棚东南走去，是菊圃，种着许多菊花，到九月里，花开时瑶朵金葩，圆蕊幽姿，令人有高人隐士之思。菊轩过去，乃是小桃源前园门了，颐园的内景是这样布置的。至于舞鹤堂、碧桃轩，一在小桃源之南，一在小桃源之北，不在花园范围中。

那天下午，璧人遂开欢迎会于红梅轩，一共九个人，团团坐着，不过咏梅姊妹坐在上首，表示欢迎的意思。先由璧人起立，报告开会宗旨，约略说了几句，便是徐子美的梵婀玲独奏，子美素擅此技，璧人也购了一支，时常请子美指教，所以吴家也有此物。徐子美拉起梵婀玲来，悠扬婉转，靡靡动听，进退疾徐，无不中节，大家拍手称好。独奏过后，便是柔慧、柔娟的丝竹了，柔慧弹的琵琶，柔娟吹的笙，合奏一曲《汉宫秋月》，音节和谐，清幽可听，大家也拍手称好。接着是吴璧人的演说，璧人起立，侃侃而谈，他讲的是《三个时代》，一个是少年时代的回忆，说到从前和咏梅姊妹相聚时一种天真烂漫的快乐；一个是现在时代，大家正在青年，正宜及时求学，希望他日有所成就；一个是将来时代，说将来大家老了，男的是老老头，女的是老太婆，再也没有今天这种的兴致，但是那时，大家有了儿女，也要称我们老阿爹、好亲婆，像我们今天称呼长辈一样，说得众人都笑了。璧人又说：

"《三个时代》中要算现在的时代最为重要，而最为快乐，因为青年是黄金时代，将来时代的好歹全看现在时代的我们能不能奋斗，而最为快乐的是我们难得有此机会聚在一起得以切磋琢磨，研究学术，《诗》云：相彼鸟矣！犹求友声。可见朋友之乐，在小动物也是需要的。现在咏梅咏絮表姊妹竟得从杭州来到此间，可算奇缘，所以要欢迎了，我们大家一致欢迎。"

说罢，众人拍起手来，随后便是徐慕蕴的独唱，慕蕴立起身，负手立着，伊的哥哥子美拉梵婀玲和声，慕蕴唱歌曲《亲爱的小友》，歌声清扬，纡余回旋，和梵婀玲的声音往复上下，十分好听，众人也鼓掌独唱。过后，便是文立人的笑话了，大众一瞧立人那副形状，已经要笑。立人道：

"你们要我讲笑话，我随便讲讲吧！以前有一个笨媳妇，伊的婆婆叫伊烧夏鱼，要用稻柴扎了头烧，这是因为夏鱼的头不结实，恐怕散掉，伊答应知道的，便去烧了。停了一会儿，伊的婆婆到厨房下，看见媳妇把稻柴扎在自己的头上，连忙问伊，伊道：'婆婆不是叫我烧夏鱼要扎头的吗？'伊的婆婆不觉笑道：

'我是叫你扎鱼头，不是扎你的头。'那媳妇才没有说话了。有一天，又叫媳妇去包春卷，恐伊不会包，伊的婆婆遂取了一张春卷皮子摊在桌上，再用箸夹取肉丝放在皮子中，然后卷好。伊婆婆因为这一个是样子，且又熟的，遂把来一口吃了，说道：'这样包的。'媳妇点点头。凑巧婆婆有事出去，等到回转，见媳妇仍旧在那里包，但桌上不见有一个春卷，不觉奇怪，却见媳妇把春卷包好，放到自己嘴里，吃下肚里去，原来许多春卷都被伊吃了。伊的婆婆大怒，向伊责问。伊道：'婆婆教我这样的，婆婆不是也吃下去的吗?'"

立人说到这里，众人大笑。立人道：

"好了，笑了就算笑话，我没有讲呢!"

以后便是茶点。柔慧姊妹早预备下许多精美茶点，一样样地端整在轩后。有两个侍婢伺候着，轮流送到众人面前，璧人一面吃着茶点，一面说道：

"现在要请汪女士唱昆曲。"

柔娟道：

"我来吹笛。"

便到轩后取出一支玉笛来，坐在汪琬旁边，先说道：

"我是下里巴人之曲，不值听者一笑的。"

遂轻展珠喉，唱一出《长生殿·絮阁》的一段，曼声婉转，清响纤徐，众人如坐梨园中聆歌，不觉拍手赞好。昆曲过后，便是咏梅、咏絮的答词，咏梅起立说道：

"诸位都是才高学优的俊彦，我们姊妹自愧毫无学识，能得到此追随诸位之后常常讨教，使我们可以启蒙发愚，真是三生有

40

幸。反蒙诸位盛意开这个会欢迎我们，有这样十分好秩序，但我们万万不敢当的。我不会说话，不过有一句话能说，就是我们姊妹对于诸位十分佩服，十分感谢，以后愿诸位时时赐教。"

说罢，向众人一鞠躬，众人也都答礼。以后便是余兴，璧人托出一只珠漆小盘，盘中放着许多铅笔头和纸条，对大众说道：

"我们来个玩意儿，现在先请各位拿一张纸条，各书本人姓名在上，重折叠好，待我来收。"

于是将盘送到各人面上。大家依他吩咐，一一写了，璧人收去，放在台上，再把小盘送到各人面前，请各人再取一张写上一个动作，例如吃饭、写字等类，大家也都写了。璧人又收去，另外放好，再把小盘送到各人处，请各人再取一张写上一个地方，例如楼上、河中等类，大家真都写了。璧人然后把第一次写的纸条抖乱了，放在盘中，再请各人拈一张，各人取了，又把第二次的纸条请各人也拈取一张，第三次也是这个办法。大家都取齐了，看时不觉都哈哈大笑，柔娟和汪琬尤其笑得前仰后合，涕泗交流。璧人忍着笑道：

"现在请大众挨次将三张纸条宣读。"

璧人先读道：

"萧咏梅……电杆上……读书。"

众人笑道：

"咏梅姊，读书读到电杆上去了？真稀奇！"

一阵狂笑。徐子美跟着读道：

"汪琬……鞋子里……唱歌。"

柔娟笑道：

41

"琬姊的歌曲真好，唱到鞋子里去了，千古奇闻!"

柔慧也读道：

"吴璧人……水盂中……翻筋斗。"

众人又是大笑。柔娟立起读道：

"吴柔慧……马桶里……吃饭。"

读罢，捧着肚子尽笑，众人都笑道：

"怪不得你们要狂笑了，凑得真巧，但是太龌龊了。"

柔慧面上微红，立起道：

"谁人写的'马桶里'三字？此地只有小母舅写得出。"

立人道：

"冤枉！冤枉！我却没有写，怎可硬说人家写的呢?"

柔慧道：

"只要查一查。"

璧人摇手道：

"这是游戏，何必认真？不必查了。"

汪琬便立起读道：

"文立人……书房里……吃屎。"

大家又是大笑。柔慧道：

"对了，'马桶里''吃屎'，稳是一个人写的，不过分了开来。"

大家都道：

"谁的恶作剧?"

柔慧道：

"我也知道的，不用说了。"

文立人只是跳跳纵纵地笑。萧咏梅又读道：

"徐慕蕴……火车上……写字。"

大家笑道：

"慕蕴姊真用功啊！"

徐慕蕴接着读道：

"萧咏絮……红楼……摩笛。"

大家都道：

"想不到有这一条雅绝的文字，和书房里吃屎真有天渊之别了。"

柔娟也起立读道：

"徐子美……塔顶上……跳高。"

璧人道：

"跳高跳到塔顶上去，真高极了。"

最后萧咏絮也读道：

"吴柔娟……鼻头上……跳舞。"

大家听了，又是一阵笑。汪琬道：

"柔娟姊的跳舞竟跳到人家鼻头上去。汉时赵飞燕身轻如燕，能做掌上舞，现在柔娟姊能做鼻上舞了。"

此时柔娟早抄下在一张纸上，给大家看道：

"留作他日纪念。"

大家看时，见上写道：

萧咏梅……电杆上……读书

汪琬……鞋子里……唱歌

43

吴璧人……水盂中……翻筋斗

吴柔慧……马桶里……吃饭

文立人……书房里……吃屎

徐慕蕴……火车上……写字

萧咏絮……红楼……摩笛

徐子美……塔顶上……跳高

吴柔娟……鼻头上……跳舞

柔慧过去一把抢了过来，撕去道：

"这种东西还要留什么纪念？"

柔娟道：

"你因为自己大名下不雅相，便连人家也撕去，真是以私废公。"

璧人道：

"散会散会。"

于是众人都走出红梅轩时已不早，徐子美因有他事，便告别先行，随后汪琬也去了。徐慕蕴便住下不去，璧人也和立人出去，只剩柔慧姊妹和咏梅姊妹、徐慕蕴一共五人，回到绛云楼去谈话。

明天，马瑨回来，大家照常读书。一天下午，马瑨正坐在书房中教授柔慧等诗词，忽然家中的王阿大来了，请马瑨出去悄悄地说了几句话。马瑨遂向吴仕廉告辞说：

"家中有些小事，亟须回去一行。"

又叫柔慧等自修，遂和王阿大匆匆回去。欲知以后情形如何，请看下回。

评：

　　故意和《红楼梦》贾母见林黛玉一节相似，但是细细把玩，却大不相同，此是作者狡狯处。

　　正写得玉笑珠香的时候，忽地插入一大堆楼台亭阁的流水账，使读者焦急煞。

　　这种玩意儿在家庭宴会很相宜的，虽是滑稽、突梯，中间也看得出各人胸襟来，比较叉麻雀、斗挖花，何止霄壤？

第五回

春郊猎鹰犬一弹无情
医院侍茶汤三生有幸

　　这一天是星期三的上午，谢吟秋早晨上罢了课，回到家中，见风暖日丽，庭院中的蔷薇花开得攒紫霏红，一对对的蛱蝶飞舞花荫，不觉游兴忽动。他是欢喜打猎的，以前他在上海约翰大学读书时是足球队中的健将，又是童子军的队长，每当春秋佳日课余之暇，常常和同学们去到郊野打猎。今天他又想一试昔日身手了，遂到书房里去寻出那管气枪来，柄上已有些锈了，弹丸却还有不少，遂拿到外边来磨拭。他的母亲走过来见了，问道：

　　"秋儿，你磨拭这气枪做什么？"

　　吟秋答道：

　　"母亲，今天我想出去打一回猎，打些飞鸟还来煮了给母亲吃。"

　　他母亲笑道：

　　"我不要吃，你出去要当心些，早些回来。"

　　说罢，回到房里，自和邻家的程老太太谈话道：

46

"吟秋这孩子今年也有二十四岁了，我一向要给他娶一个贤德的媳妇，早些了我的心愿。因他老人家早早故世，遗下一些薄产，也仅足糊口，我节衣缩食地为他出学费栽培他，在上海大学里读书的时候，每年要费四百块钱。现在幸他已得了毕业文凭，在本地中学校里教书，赚八十块钱一个月，很不容易，我一面叫他好好积蓄，一面托人为媒，只是他相信什么婚姻自由，说什么没有相当的配偶，情愿一辈子不娶。他的脾气是这样固执的，我拗不过他，便是姊姊说的那头亲事，他竟不受人抬举，说不拢来。"

　　程老太太听了，耸耸肩头，冷笑道：

　　"大概这是各人的姻缘吧，不是姻缘的不能相强，否则像许家这位小姐，容貌又好，性情又好，伊家中又是有财有势，父亲在某处做县知事，真是金枝玉叶，难得许家太太在董家喜宴上赏识了令郎，向我探听，大有坦腹东床的念头。我遂乘机代府上说了许多好话，自告奋勇来做媒人，不料令郎心中不肯迁就了，只好暂作罢论，不过这头亲事放弃下旁人倒觉很可惜的。"

　　吟秋的母亲又道：

　　"可不是吗？我也劝告了他几次，无奈一点水都泼不进，我真奈何他不得。现在儿女的婚姻父母不能强迫了，想是秋儿没有福气吧！"

　　她们两人在室中叽叽咕咕地讲，吟秋在外早把气枪磨好，听见她们正在议论那件亲事，不愿去听，自到着衣镜前去整一整衣服，戴上一顶呢帽，拊了气枪，向他母亲回头道一声：

　　"我去了。"

走出门来，想到上方山去走一遭。但他住居桃花相隔很远，他又想起桃花桥头的马夫阿三了。阿三有几匹马，内中一匹玉花骢最有跑力，吟秋新年中曾坐过一次的，此次何不借他坐一坐？一头想，一头走，走到阿三门前，恰遇阿三牵了一马遛回家来，一见吟秋，便带笑问道：

　　"谢少爷，今天天气很好，可要骑一趟出去散散心？带了猎枪，莫非出去打鸟吗？"

　　吟秋道：

　　"是的，你那匹玉花骢可在这里吗？"

　　阿三道：

　　"在这里，少爷请稍待。"

　　遂牵马进去。稍停，牵出那匹玉花骢来，雾鬣风鬃，玉腕银蹄，毛色越发好了。吟秋看着，十分欢喜，便对阿三道：

　　"今天我要借它坐一坐，到上方山去，晚上回来，多给你些钱是了。"

　　阿三道：

　　"少爷坐去便了。"

　　忙将马鞍拍拍，整一整鞭疆。吟秋穿的是西装，用不着撩衣，把猎枪背在左肩，跳到马上一拎缰绳，那马便泼刺刺地往前跑去。出得胥门城，来到马路上，纵辔疾驰，把一辆一辆的马车追去，那匹玉花骢也跑得性起，四个银蹄翻盏撮钹似的飞奔。吟秋长久不骑马了，脾肉复生，一路看着风景，跑跑停停，不多时，已过行春桥。到得上方山下，跳下马来，在一家小茶馆里喝了几碗茶，坐着休息，觉得背上汗已湿透，坐了一会儿，骑着马跑上山来。见四周风景清丽，石湖中波光一碧，田野里麦浪风翻，塔影岗光，在在使人流连忘返，遂下马将马拴在树间，瞧着风景，觉得胸襟十分爽快。信步走去，却见平山树林中走出一个少女来，肌肤白皙，面貌秀丽，两个美而黑白分明的眸子衬着纤细的蛾眉，人们一被伊目光所射，便觉失去自主的能力，有一种倾向的心，实在魔力不小。身穿一件毛巾绸的旗袍，手中拈着两三朵鲜红的花，翩然如仙。吟秋暗想：哪里来的这样美艳的女子？一种天然的丰韵，尤其非城市里那些浓妆艳抹的妇女所可几及，吟秋心中胡思乱想，不由立定了脚步。那女郎也已瞧见吟秋掮着猎枪立在伊的面前，衣服整齐，相貌英俊，的确有一种男性的美。伊心中也自暗想：哪里来一个美少年？多么可爱，不由也立定了娇躯，四目相对地对视着。隔了一歇，那女郎忽然觉得有人看伊，自己立定了做什么呢？不觉脸上一红，回身便走。吟秋也觉得自己太露了，将被人家视为儇薄，也别转身走上山去。渐渐向林中搜觅，忽听泼剌剌的一声，有一只野兔子从草里蹿出来，见了吟秋便逃。吟秋放了枪，没有打着，再向前行，爬到后山去，坐在山石上仰望天际的云，心中忽忽若失，勉强自抑制，立起身来自言自语道：

"我今天不是来打鸟的吗？怎样一些没有精神？"

遂鼓起勇气，走到林边，见有两雉，毛色美丽，从山坳里直飞起来。吟秋忙发一枪，一雉中弹，早落下地来，那一只却飞去了。吟秋过去拾起，提在手中，又回到前山来，却见远远有一野獐掩在草际，吟秋放下雉鸟，举枪便放，不料没有击中野獐，早飞跑而去。吟秋不舍，随后追赶，追到松林前，生恐那野獐逃入林去，忙开了一枪，哪知林中恰巧有一个人走出来，中弹而倒。吟秋知道闯了祸了，过去一看，却就是上山来遇着的那个女郎，那女郎痛得蹲在地上，连喊救命，玉容失色。吟秋大惊，且又见那女郎娇啼婉转，万分不忍，急切没法想，急得双脚乱跺道：

"该死该死，怎的瞎了眼睛地乱放？野獐没有打着，反打伤了人家的姑娘，该死该死！怎样办呢？"

还是那女郎说道：

"我的腰里和腿上中了两粒小子弹，痛得很，不知有没有性命之虞，先生，请你把我送回家去，再请医生来救吧！"

吟秋道：

"很好，这是我闯下的祸，当然脱不了干系，我一定要把女士医好的。"

遂扶起女郎要走，但那女郎受了伤，如何再走得动山路？吟秋无奈，只得把伊背着走。走到拴马所在，见那玉花骢兀自嚼着地上的青草，见主人到来，把头动了两动，好似欢迎一般。吟秋解了缰绳，牵着马同走，一问，女郎住的地方幸喜就在山下。

走了许多路，见有一家门前种着柳树，门里有竹的便是女郎家了。又把马拴在树上，推门进去，早有一个妇人出来，一见吟秋背着伊的女儿，忙问道：

"怎的？怎的？"

女郎答道：

"母亲，我受伤了。"

吟秋走进屋内，放下女郎时，女郎忽然晕去。妇人急得哭道：

"清涓，清涓！你为了什么事啊？"

读者至此，大概也知道吟秋枪伤的女郎便是马璆的女儿了。原来，那天清涓吃罢了饭，要到山上去寻找杜鹃花，清涓性喜种花，昨天闻得间壁乡人说，山上有杜鹃花，很是美丽，伊想，就去取来移植。所以告知了母亲，独自一个上山去。伊母亲因为山上是熟路，伊也不时去的，没有什么不放心，不料偏偏生出岔儿来。吟秋一时高兴，前来打猎，万不想会误伤了人家女儿，又是他心目中所喜悦的女郎，急得他无可奈何。当时他便对清涓的母亲说道：

"老太太，都是我打野獐误伤了令爱，大丈夫一身做事一身当，你老太太也不必过于着急，不如把伊快快送到医院中去，请外国医生救活，或可无恙的。"

清涓的母亲遂命王阿大去喊了一个乡人来，取出一张棕垫来，衬了被褥，把清涓卧在上面，用被盖了。吟秋道：

"送到博习医院去吧！"

王阿大遂和乡人舁着清涓便走，吟秋骑着那匹玉花骢，又对清涓的母亲说道：

"我也到医院去了，总要把令爱救好送回府上的，一切请放心。"

清涓的母亲也想不出主意，只好让吟秋去做，见他样子还很诚恳，但求上天保佑，可使女儿无恙。晚上，王阿大回来，告诉主母道：

"小姐已醒过来，到了医院中，有一个外国人已看过，说没有危险，不过要用手术把弹丸取出来，取出之后，只要好好养息，便好了。那个姓谢的少爷叫我回来告知一声，他还在医院中，要等小姐取出弹丸后才回去。现在他送小姐到病房里去了，挂号钱、医费都是他出的。"

清涓的母亲听了王阿大的话，略略放心，暗暗祝祷。这一夜翻来覆去，惦念着女儿，哪里睡得着？明天便打发王阿大到城里来请马瑈回家。马瑈听得女儿受伤，他生平只有这个女儿是心上最爱的人，发急到万分，回到家中，他妻子把这事详细告诉了他。马瑈道：

"你为何放她一人到山上去？致有此祸。"

他妻子道：

"你不必怪我，快到医院里去看看清儿吧！我也挂念得很呢！"

马瑈被妻子一句话提醒了，遂又出门到博习医院去。

吟秋把清涓送到医院，有一个外国医生姓芮的出来看过后，说：

"一粒在大腿中，没甚妨碍，只有一粒在腰眼，比较的难取，幸亏没有伤肾，不致有性命之忧。"

吟秋听了，心中宽松了一半，打发王阿大回去报信，又差一个医院中的下人带着玉花骢到桃花坞去还给马夫阿三，又到家中回头说少爷被客人留住，住在天赐庄不回家了。不敢直说，免得老人家担忧受惊。

这时，医生吩咐把清涓另行抬到一个地方去施用手术。吟秋要看，医生以为他们是兄妹，一定不许，吟秋无奈，只好坐在病室里等候，在室中走来走去，心神不定。过了一个多钟头，见有两个看护把清涓抬来放在床上，代她盖好，吩咐吟秋不要和伊多说话。吟秋坐在床边看看，清涓出血过多，玉容惨淡，一双妙目瞧着吟秋，一声儿不响。吟秋忍不住问道：

"女士，现在觉得怎样了？"

清涓仍是有些疼痛，心中跳得也很急，其余不觉得怎样。吟秋道：

"府上我已叫王阿大去回报，请你放心了。"

清涓道：

"多谢。"

吟秋又道：

"鄙人万分抱歉，误伤了女士，幸亏没有性命之虞，否则演出惨剧，罪何能逃？现在希望女士早早痊愈出院，鄙人他日再来请罪。"

清涓道：

"先生不要这样说，这也是出于无心，子弹又没有眼睛？我又不善避让，以至于此，千幸万幸，我能保存活命，不致带累先生，其余也不必介怀了。"

吟秋道：

"女士如此大度，使我佩服得很。此时不能多说话，请养息养息。"

说罢，早有一个看护进来，托着一杯药水，给清涓喝下，又把一块木牌，上面有纸贴着，用铅笔画上几个字，便挂在清涓床边，然后出去了。吟秋一看，知是诊察病候和用药的单纸。

又坐了一歇，时候已是不早，吟秋不便住在房里，要住到外面另一个房去，遂叮嘱清涓好好睡眠，退到外面去了，清涓那边自有一个女看护照顾着。

到了明天，吟秋起来盥洗毕，走到清涓房里来，见清涓正睡着，不敢惊动，问看护夜间情形如何，看护道：

"十分平稳，大约这是轻伤，不久就会好的。"

稍停，清涓醒了，吟秋问：

"伊可觉得好些？"

清涓点头道：

"今天精神大好了，痛也渐减。先生请放心，我还没有请教先生姓名，多蒙先生如此爱护。"

吟秋道：

"鄙人姓谢，草字吟秋，以前在上海约翰大学毕业，现在本地正心中学里执教鞭。昨天课后无事，因为春光骀荡，天气大好，所以走到山上来打猎，不料误伤了女士，抱歉得很。女士芳名可是'清涓'两字吗？"

清涓点点头，答道：

"正是。家父马璆现在城中吴家教读，不知道他有没有得知？"

吟秋道：

"呀！原来是马璆先生的令爱，马璆先生是吴中大诗家，鄙人的授业师章古愚先生和尊大人是知交，鄙人也曾随古愚先生见过尊大人一面的。"

清涓道：

"如此说来，彼此都相识的了。"

吟秋道：

"是的，此刻我要去校中请假，然后再来看女士。"

清涓道：

"我已不妨事了，先生请假怎可荒课呢？"

吟秋道：

"我心中一定要等女士出院，然后去授课，因这事是我弄出来，断不忍抛弃了不顾。病院看护，鄙人极愿尽责。"

清涓见吟秋如此诚恳，不觉笑了一笑。吟秋遂告辞而去，赶到校中，推说家里有事，请假三天，又回到家中，假说校中要派他到杭州去，要出去三四天才回家。他母亲自然相信，遂匆匆带了一个小铺盖，再回到博习医院来，路过桃花桥，遇见马夫阿三，又给了他两块钱。等到医院时，马璆已来了，正同清涓讲话。清涓也把吟秋的事详细告诉他，吟秋见了马璆，十分恭敬。

马璆道：

"几年不见，谢君风度丝毫未减。章古愚先生常对我说起足下好学不倦，国学很有根底，不愧后起之秀，可爱可爱！"

吟秋道：

"不敢！蒙老伯如此赞许，实令人汗颜不置。昨天误伤令爱，罪甚罪甚！"

马璆道：

"这也不能偏怪足下的，天幸没有危险，请不必歉然于怀。"

吟秋道谢不迭，又和马璆谈了许多话。马璆道：

"我还要进城去，此间诸事有烦足下了，下午内人说不定也要来看看清儿。至于医药费，将来由我付清好了。"

吟秋道：

"那是不能再费老伯的，晚辈闯出这个祸来，老伯宽宏大度，不来严责，已是万幸。医药之费，当然由晚辈担负，区区之数，请允许吧！否则，晚辈也无颜在此了。"

马璆道：

"也好，依你的话是了。"

马璆遂辞别入城。吟秋又和清涓闲谈，十分投合。下午，清涓的母亲又来视疾，到晚上才还去，把看护之责反让吟秋独任了。吟秋和清涓谈谈诗词，讲讲笑话。

光阴易过，转瞬已有一星期。吟秋因伴清涓，校中已去续假，这时，清涓痊愈了，可以出院。吟秋遂付去了医资，雇了一只小船，坐着送清涓回去。欲知以后情形，请看下回。

评：

一个打猎，一个寻花，无端会合，惹下了许多烦恼，大约就是程老太太所说的姻缘了。

还马给阿三两块钱，细心之至。

情字都从爱字上来的，吟秋虽已对着清涓萌了一点爱，却偏不直接痛快地走向情的路上去。

书中人物要算吟秋和清涓的结局最好了，然而只好算是主中宾，但有此一对美满的伉俪，也可减却不少悲哀。此作者所以极力点缀也。

第六回

述往事惨绿愁红
猜诗谜钩心斗角

　　谢吟秋误伤了马清涓，心中觉得异常歉疚，幸得施用手术后没有生命上的危险，现在竟病愈出院，快乐得很，把以前的忧愁都打消了。而这一星期中，天天伴着清涓，有说有笑，抚慰备至，陌路人竟如亲兄妹一般，感情融洽得很。其间可算得有缘的了。

　　这天，伴着清涓坐着小舟向上方山摇来，刚出葑门，过得洋关，见前面又有一顶修筑得十分平整的石桥，桥下还有一座石亭，亭里隐隐有碑兀立。吟秋不知道是什么桥，便指向清涓道：

　　"这一座桥还是新造的呢，式样很好。"

　　清涓看了一看，道：

　　"这是杏秀桥，其中还有一段小小掌故呢！谢君可知道吗？"

　　吟秋道：

　　"我却不知道，要请女士告诉。"

　　清涓指着桥下的石亭道：

"这个亭子，名叫慧云亭，和杏秀两字都是一个女教师的芳名，那位女教师姓毛，武进县人，在本地女子师范毕业，便在附属小学里执教鞭，性情温淑，学问优美。毛女士在校中教务很忙，不肯偷闲，伊早已许字了人家，未婚夫常想涓吉成婚，早图好梦，毛女士屡次要求展缓，因为伊家中老母在堂，菽水之奉，还要伊来供给。虽有两个哥哥，却不赚钱，所以伊的负担很重，一时不能摆脱，如何轻易出嫁呢？同事中都佩服伊的孝亲和好学，以为求之今日妇女界中已是凤毛麟角，不可多得。不料，那孟禄博士来苏，教育界同人开会欢迎，会毕，孟禄博士要到苏军二师的兵工营里去参观军工教育，女士也跟随同去，一共坐了五辆马车，从盘门外出发。毛女士和三个女教员同坐一辆车到灯草桥，桥身高而崭削，前几辆马车缓辔安行过去了，毛女士心中有些慌张要下车，走过了桥，再坐一个，马夫不肯停，摇着鞭子说道：'不要紧的，前面的马车都过去了。'说罢，将马缰一拎，那马跑上桥去，不料跑得力乏了，桥又高险，下桥时马蹄一滑，收缰不住，连人带车一齐跌下河去。等到前面的人得悉前来救时，马夫和三个女教员虽然跌伤，却都无恙，只有毛女士却不能救了。校中教职员和全体学生得闻噩耗，和伊感情好的都放声大恸，特开追悼会，同申哀悼。省教育会痛惜毛女士热心教育，死于非命，遂建议重修灯草桥，易名杏秀，又建一慧云亭，为女士纪念，有本地才人金鹤望和吴梅的诗文刻在碑上。毛女士虽死得可怜，然而人死留名，千秋后世大家都知道有毛慧云其人了。"

　　吟秋听了，也很叹息，遂道：

　　"生死有数，大概这句话不虚了。那时，和毛女士同去的马车一共有五六辆之多，毛女士坐的车最后偏偏过不去，和毛女士同坐的还有三人，一齐堕河，其他三人略受微伤，而毛女士独遭惨死，岂非是天数吗？即如我和女士，本不相识，却因打猎误伤，遂有几天相聚，结为友朋，而女士虽中子弹却无危险，这其中也有天数了。"

两人谈不多时，船已傍岸。吟秋付了船钱，扶着清涓走上岸来，回到家门，见王阿大正持着镰刀走出门来，一见清涓，便大喜道：

"小姐回来了！"

又叫应了吟秋，进去报告主母。清涓的母亲听得女儿回来，连忙三脚两步地走出，抱住清涓道：

"清儿，你好了吗？可觉得痛苦？"

清涓答道：

"完全好了，母亲，请快活吧！"

吟秋也上前鞠躬行礼。清涓的母亲说道：

"谢先生请坐。清儿在院中多蒙热心看护，感谢之至。"

吟秋道：

"伯母不要说这些话，说了使我惭愧无地了。"

又见自己那管猎枪前天忘记带转的，正挂在壁上，便道：

"都是这个东西没有眼睛，累令爱受了一星期的痛苦，我回家去要把这东西终生废置不用了。"

说得三人都笑起来。这天，吟秋被清涓母女坚留着，用了午餐，直到下午三点钟方才告别回家。自此，每逢假日常到清涓家来盘桓，言笑晏晏，两情缱绻，这是后话，我且按下慢表。

却说萧咏梅姊妹到了吴家以后，住在清芬馆中，晨夕诵读，得着名师指授，学问大进。咏絮的字和柔慧的画都有深造，在一行姊妹中翘然独屈一指，大家请她们绘写扇面、对联的很多，但咏絮性高气傲，不肯迁就，人家往往独自静默不苟言笑。吴家的郑妈是璧人幼时的乳母，文氏极为宠用，一家上下都特别看重伊，郑妈自负年老，喜欢多说话，咏絮对她有些不赞成。凑巧郑妈买了一副对联要请咏絮给她书写拿回家去挂的，咏絮一直不写，郑妈再三催逼，咏絮勉强代她挥就，写得十分潦草，溅了许多墨迹。郑妈看了，知道咏絮不愿意和她书联，十分怀恨，咏絮却事过忘怀，不在心上了。姊妹行中唯有柔娟和咏絮感情最深，灯下论文，园中散步，时时见她们厮并在一起的。咏梅为人和蔼可亲，却常伴着吴仕廉、文氏等讲话，文氏很是爱伊。他们小儿女相聚绛云楼上、清芬馆中、小桃源里，自有许多隽闻雅事，待在下慢慢写来。

有一天，璧人回家告诉众人道：

"外边新流行一种诗谜，我前天到一个朋友家里去玩，这个东西竟被我赢了十几块钱，很觉有趣。我们明天无事，不妨来试一下，输赢小些。"

柔娟第一个赞成，大家都喜欢玩的，于是柔娟到明天又去请了几个同学来，吃过饭后，便聚在小琅环斋，璧人做得不少诗谜条子，先摆庄画好一个一二三四五的单子，预备众人下注，最多以一角为限。于是大家很高兴地猜了第一张，条子上写着"□立月明中"，旁衬"小悄愁仁玉"五字，璧人说道：

"快快押下来。"

有的押"悄"字，有的押"伫"字，咏絮却押第三个"愁"字，开出来，谜底果是"愁"字，咏絮赢了三角进去。以后，一条条地开去，众人大都输钱，文立人输得更多，唯有咏絮时时押着，被伊独赢，其次柔慧也没有输钱。大家都道：

"她们两人到底是诗家，所以能赢。"

璧人笑道：

"咏絮妹的芳名已有谢道韫遗风，当然要战胜了。"

此时又开出一条，谜面是"疑是□人来"，旁写"玉美故雅丈"，玉字和美字都太普通了，咏絮遂押"故"字，大家跟伊押下去，只有徐子美押"美"字，汪琬和一个女友押"雅"字，"玉"字和"丈"字没有人押。璧人正要抽条，忽听文立人嚷道：

"慢来慢来，我正在推敲呢！"

说着话，摇头晃脑地，大家不由好笑，见他把一角小洋押到第五个字上去，又把徐子美和汪琬等下的注数一齐移到五字上，说道：

"我们试试看。"

璧人抽出条子看时，正是"丈"，文立人喜得跳起来道：

"这一条我可猜中了，快配钱，快配钱！"

一面把钱收进去，一面说道：

"人家说押诗谜要猜心理，这句话真不错。"

大家问他何以知道是"丈"字，立人指指璧人道：

"这是因为他做的条子，所以猜'丈'字，换了你们，却不然了。"

大家道：

"请你把理由讲出来听听。"

立人又道：

"璧人年纪渐大，恐怕他心里要娶老婆了，要娶老婆当然要望有丈人，所以无意中拣出这个'丈'字，我猜得很对，你们都不知道他的心理啊！"

大众听他这样解释，不由哈哈大笑，璧人倒被他说得难以为情，面上红起来了。立人更觉得意，独有柔慧忍不住说道：

"小母舅，你弄错了意思了。这个丈人是说老者，《论语》上有荷篠丈人，春秋时有渔丈人，你怎么当作岳父解释呢？如此说来，璧人弟并不想什么丈人，你却正在想望丈人了。"

众人拍手大笑，立人也笑道：

"算我错的，但赢是赢了。再来一条吧！"

大众又看那一条的谜面"偕隐得口妇"，旁写"美贤丑拙健"五个字，柔娟道：

"'美贤'两字不妥，还是从'丑拙健'三个字上着想。"

咏梅道：

"梁鸿和孟光偕隐，孟光德美而容丑，还是'丑'字有些来历。"

遂押了"丑"字，大众听伊说得有理，不约而同地都向"丑"字上纷纷下注，唯有咏絮独押第五个"健"字，开出条子来，果是"健"字，大家都佩服咏絮善押。璧人共开二十条，倒有一大半被咏絮押着，所以庄家输了，璧人条子抽完，遂让柔慧坐庄。柔慧摆出条子来，第一条谜面是"口有奇才守寂寥"，旁写着"唯叹空大独"五个字，璧人押了"独"字，咏絮和柔娟、慕蕴都下注在"空"字上，徐子美押的"唯"字，文立人押的"叹"字，独有第四字是空门，抽出条子，正是"大"字开了空门。柔慧不胜之喜，以为条子做得好，咏絮也押不着了。开了几条，有一条的谜面是"□风忧树摧"，旁写"秋飓飘狂烈"五字，大家都押"飓、烈、狂"三个字，唯有璧人押下"飘"字。咏絮道：

"'飓、狂、烈'三个字太明显了，独这'飘'字最妥切，因其飘风，故忧树摧。"

遂也押"飘"字，大家被咏絮一提醒，都移到"飘"字上去。柔慧道：

"完了，完了！"

抽出来果然是个"飘"字，大家欢呼，柔慧却对咏絮说道：

"你这一下拆我烂污了，害我赔去钱不少呢！"

咏絮也笑笑。后来，有一条谜面为"□湖风月属词人"，旁写"石西鸳明五"五字，徐子美兄妹押下"五"字。咏絮道：

"'鸳'湖太生僻了，恐怕不是，还是'西、明'之间吧！"

遂押了"明"字，柔娟跟着下注，璧人押下"西"字，文立人道：

"我要押'石'字的，本地风光。"

遂押下"石"字，抽出来正是"石"字。立人喜道：

"这一回总算猜得对了，你们可有什么话说？"

大家对他笑笑。不多时，柔慧预备的二十条诗谜条子抽完了，别人没有做，遂约定下星期日再聚，于是大家散开来。柔慧姊妹同邀众人到绛云楼上去坐谈，只留徐子美和璧人在小琅环斋中看书，文立人早已走出去了。众人到得绛云楼上，见一排五开间的楼房，前面都是花玻璃的长窗，窗外走马式的阳台，铺着水门汀，栏杆上放着盆花。正中一间是客室，摆着红木的桌椅，左边第一间是文氏的外房，第二间是文氏的卧室，陈设精致，右边第一间是柔慧姊妹的书室，柔慧好画，四壁张着许多画轴，满目琳琅，都是白漆器具。沿窗一张写字台，靠东有座钢琴，正中一只小圆台，台上放着银花瓶和银器皿，镂花的台毯，四边摆着四把软垫的椅子，靠里还有一张大沙发、一架留声机器，正中挂着一盏有璎珞玫瑰紫色灯罩的电灯，非常洁净，第二间便是她们的闺房了。

当时，众人便坐在外房，柔娟握着咏絮的手，坐在大沙发上，柔慧便开留声机给众人听，又命侍婢春兰去端整茶点。稍停，春兰早送上一壶香茗、六只细巧精美的茶杯，请众人喝茶，又去托出四盘细点来，一盘是玫瑰猪油蛋糕，一盘是松子糖，一盘是薄荷瓜子，一盘是巧克力糖，放在圆台上，大众随意拿着吃，说说笑笑，很觉有趣。柔娟忽然发起要于下星期六游天池山去，咏梅忙问：

"天池山在什么地方？"

柔娟道：

"我也没有去过，听说在白马涧过去，离城不过三十多里，风景幽丽，胜迹甚多。"

汪琬道：

"那边很远，不如去游天平。"

柔娟道：

"天平山我们常去的，天池虽僻远，不可不游。"

柔慧和咏絮、慕蕴也赞成游天池山，于是柔娟跑下楼去告知璧人和子美，两人自然十分高兴。到得明天，柔慧等来到碧桃轩上课，柔慧告诉马璆说道：

"这个星期六要游天池山去，务请清娟姊隔日来此一晤，偕同游山。"

马璆见她们再三相邀，遂写信回去，要叫清涓入城一行，和她们姊妹相见。清涓复信应允，柔慧等不胜欣喜。吴仕廉听得她们姊妹要游天池山，也很赞同，本想加入同游，恰巧这天有个老友要从南京来看他，不能他出，只好约着马璆、徐则诚等相聚饮酒，让他们小儿女们独自寻乐去。

到了星期六，徐子美到胥门外去订下一只大船，璧人回家后到观前去买了许多食物回来，又买了两打软片预备摄影，众人忙着预备游山的东西。忽报马小姐来了，柔慧等姊妹忙出去招接，众人见清涓虽是荆钗布裙，而天生美丽，态度温文，令人敬爱。清涓见柔慧等姊妹又和蔼又文雅，不像那些骄奢放荡的富室千金，所以见面之下，便觉合意。马璆见清涓来了，也很快活，先领去拜见吴仕廉，仕廉是以前见过的，叮嘱两个孙女好好接待。柔慧又陪到里面去见了文氏，然后同上绛云楼，众姊妹伴着清涓谈话。众人见清涓落落大方，吐语隽雅，很有女学士风度，知道伊家学渊源，很是敬重。

晚上，明月皎洁，柔娟提议游夜园，于是大家都到花园里旱船上，坐着瀹茗清谈。明月娟娟，照着满园花木，风移影动，姗姗可爱。柔慧又坐在明月中吹箫，直到十点钟，慕蕴道：

"这时候不早了，我们归寝吧！明天还要起早呢！"

众人遂道了晚安，各回寝处。清涓便住在绛云楼上，和慕蕴同睡一室。要知她们怎样游山，以后情形如何，请看下回。

评：

借毛女士惨死事微微一逗，若有意若无意，是绝妙文情。

郑妈要写对，倒有康成诗婢的风雅，可惜心地太阴险，此处即是伏笔。

文立人滑稽有趣，处处要他点缀打诗谜，也有一番大道理，其实也不单是他老人家如此侃侃而谈呢！

琐琐写来，不觉其烦，与今之青年相聚时专以酒色为务者，自有雅俗之别。

第七回

名山凭眺共赏春光
小阁低回忽逢佳友

　　和暖的阳光射到玻璃窗上，柔慧一觉醒来，见时候不早，忙喊醒柔娟，后面房里慕蕴和清娟也穿衣起身，同到柔慧房中，洗面漱口。梳头娘姨也走上来了，先代清娟梳头。清娟道：

　　"我自己梳好了，你先代大小姐梳吧！"

　　柔慧道：

　　"姊姊先梳。"

　　清娟推不过，遂坐在妆台边先梳，忽听扶梯上噔噔噔声音，璧人跑上来道：

　　"现在已是六点半了，七点多钟要开船的，请你们快些梳洗。下面咏梅姊妹梳洗好了。"

　　柔慧道：

　　"你不要急，我们也快好了，你先预备带去的物件，不要遗忘。"

　　璧人道：

"是。"

遂回下楼去。众人忙着梳洗，换衣裳、换鞋子，柔娟道：

"今天天气很暖，我要穿单旗袍了。"

开了衣橱，取出一件乔其绸的单旗袍，四周钉着玻璃边，只着一条条的花，披在身上，十分美丽，柔娟对着镜子穿上去。慕蕴道：

"漂亮得很。"

慕蕴也取出一件蜜色印度绸的夹衫道：

"我穿短衣。"

正在这时，咏梅姊妹早已妆饰好，走上楼来看她们。璧人又跑上楼来道：

"七点半了，你们还没舒齐吗?"

柔慧道：

"被你催死了。"

璧人道：

"恐怕子美兄和汪女士在船上等得不耐烦了，我去唤车子。"

又跑下楼去。文立人也坐着自己的包车赶到，说道：

"八点钟了，快走快走。"

柔慧等遂带了水瓶、食物、快镜、丝竹等类，命春兰跟去，好在船上伺候。又去辞别了文氏和吴仕廉、马璆等出门，一共九个人，乃是璧人、立人、柔慧、柔娟、咏梅、咏絮、清涓、慕蕴，以及春兰，吴家也有一辆包车，遂另雇七辆黄包车，大家坐着，到胥门外大码头来。刚到城门洞口，早见徐子美穿着一身簇新的西装，手中提一根司的克立在那里探望，见璧人等车到，忙

68

招呼道：

"你们为什么这样慢？等得我好不心焦！汪女士在船上也等候好久了。"

众人遂一齐下车，子美前导，走到码头上，见一只双开门的大船停在那里，汪琬穿着一件绿色的单旗袍立在船头上，招手道：

"好了，姊姊们来了。"

大家一个个从跳板上走到船中，柔慧又代清娟向徐子美、汪琬介绍，坐定后，文立人一看时计，已有八点半，忙喊："开船！开船！"早有两个舟子忙着撑篙，船后也有一男一女摇橹，别转船头，向大石灰桥摇去。众人坐在船上，觉得四月下旬的天气已有些热了，船上人把一面的遮阳拉将下来，子美、柔慧、柔娟、清涓、立人坐在头舱，咏梅、咏絮、汪琬、慕蕴、璧人坐在中舱，春兰在旁伺候，一路指点风景，闲谈时事。两边的船来来去去，很是热闹。摇了多时，河面渐渐宽了，已离了繁华城市，来到乡里。立人忽然嚷道：

"看！狮子。看！狮子。"

大众看时，原来远远里有一座狮子山，真像一只狮子蹲在那里，上面的山石一根根地，宛如颈上的鬣毛。咏梅把望远镜照着，说道：

"果然很像。"

璧人道：

"'狮子回头望虎邱'，此地有这一句话的。"

又见四面青山隐隐，田野中农夫驱着牛正在那里耕田，岸旁芳草如茵，蝶舞蜂酣，布谷鸟在野地里一声声地叫着："家家布谷，家家布谷。"

子美道：

"这个时候，农人要起始田忙了，我辈却还游山玩水，劳逸真不同啊！"

柔慧却静坐着远瞧一帆驶来，映着日光，河水粼粼，被风吹动了，幻作许多皱纹，一群群的小鸭在水边游来游去，倒是天然的一幅春江泛舟图。璧人开着快镜，摄了一张风景，舱中诸人正在猜谜为乐。船过栖星桥，河面渐渐狭了，两旁竹篱茅舍，时时有三两人家临水结庐，小桥横卧，绿树成荫，小径曲折走向田野中去。咏絮不觉信口吟道：

> 去城渐远渐青葱，画里溪桥曲折通。
>
> 无有一村无好树，歇凉人在小亭中。

柔慧听了，笑道：

"咏絮表妹又在那里吟诗了，放翁的诗你倒读得熟啊！"

咏絮也笑笑。柔娟早到舱中取了一支笙，坐在船头吹将起来。子美道：

"我们来合一下。"

遂取了胡琴来和声，柔慧道：

"我们大家来。"

于是柔慧弹月琴，璧人操琵琶，慕蕴吹笛，咏絮吹箫，叮叮咚咚地奏起一曲《梅花三弄》，水上清音更是好听。舟子听着，

70

更是起劲摇船。村中人听得丝竹声，大家奔出来看，瞧见许多城里的小姐穿得花花绿绿的游山去，大家都说好福气。不料船到一座小桥边停住，璧人问道：

"为什么不摇啊？"

舟子道：

"少爷，前面这顶小桥实在低，我们船大舱高，摇不过去了。"

柔慧道：

"此地离开白马涧有几多路？"

舟子道：

"约有四里光景。"

柔慧又道：

"从白马涧到山上有几里？"

舟子道：

"也有四里。"

咏梅听了，急道：

"哎呀！有这样远的路，我们怎能走得动呢？"

子美道：

"都是我不好，叫了大的船，摇不过去。船上人，你们可能想法子吗？"

一个舟子答道：

"我们的船一定摇不进了，除非另雇驳船到白马涧。"

此时岸上有许多乡人围着观看，早有一个乡人插嘴道：

"你们要雇驳船吗？我们这里有的。"

子美道：

"要的，你们去摇一只大些的船来。"

乡人伸起三个指头道：

"那么要出三块钱。"

立人嚷道：

"太贵了，我们不要。我们都有脚的，不会走吗?"

乡人却泰然道：

"你们要走便走吧！"

子美道：

"我们至多出两块钱，肯去的，快摇船来。"

舟子也在旁凑拢道：

"好去的了，你们不要心黑。"

乡人遂道：

"你们等一刻，我去摇船来。"

说罢，匆匆走去。其时，已是日中，璧人一看手表上，已有十二点一刻，说道：

"我们就此吃饭吧！吃了饭再上驳船。"

柔娟道：

"也好。"

遂命舟子开出饭来，分开两桌而吃，船菜很好，立人一连吃了三碗，还要添饭。璧人道：

"母舅，吃饱了走不动路的，还是少吃些吧！"

立人果然不添了。大众吃罢午饭，驳船早已摇来，柔娟瞧看，蛾眉紧蹙，说道：

"肮脏得很，怎好坐呢?"

子美笑道:

"只好将就些了。"

遂将水瓶、食物篮、照相镜等搬到驳船上去，然后大家跟着移船。柔娟第一个跨过去，船轻人重，侧将过来，唬得柔娟娇喊:"不好了!"璧人前去扶住。大家很小心地下船坐定，各把手帕衬着衣裙，橹声欸乃，穿过了小桥，向前摇去。众人坐在船中，局促得很，流水淙淙，舟行很快，不多时已到白马涧，靠岸泊住。众人走上岸去，却见一伙乡人掮着山轿，飞也似的奔来，把众人围在垓心，喊道:

"小姐们，请坐轿子。"

子美遂和他们讲明，每肩山轿出八角钱，须等来回，于是柔慧、咏梅、慕蕴、清涓四人坐着山轿，柔娟、咏絮等要走，不愿坐轿，跟着轿子步行。一路过来，时时有村狗狂吠，咏絮怕狗，缩在璧人、柔娟中间。走了一大段路，天池山已在眼前，峥嵘崔嵬，苍翠秀奇，沿路树木甚多，风声、泉声如入幽篁丛里。前面一岭高起，好像天平山的童子门，乡人道:

"这是贺九岭了。"

上得贺九岭，众人在山石上坐定，休息一下，远望峰峦环合，如群山来朝，苍酽一色。岭上有一破庙，神像残坏，庙中有一个乡人，当他们是来烧香的，要向他们募化，众人笑笑，不去理会。走下贺九岭，抬山轿的乡人道:

"从这里到山上有两条路，一条路较为平坦，便是我们要走的，还有一条路，险远些，但路上怪石森列，风景很好。"

73

璧人听了，便道：

"我要走第二条路，宁可远些，足以畅游，谁人愿和我同去的举手。"

说罢，早有子美、柔娟、咏絮三人举手。璧人道：

"好！我们四个人同行。"

乡人便指着右边一条崎岖的山路道：

"从那里走去，一直向北，越过石鼓峰，便到山上了。"

其时，众人已遥遥看见石鼓峰屹立在北首，真像一面石鼓悬在山上，璧人等四人照着乡人指点的路径走去。这里咏梅、柔慧、清涓、慕蕴四人仍坐着轿子，立人、汪琬、春兰跟着。向前再走，又穿过一岭，立人早跑得气喘吁吁，清涓见了便道：

"文先生走不动了，我来让他坐吧！"

立人摇手不要，清涓一定要让，吩咐将轿子停下，走出轿来，说道：

"我倒走惯山路的，文先生不必客气。"

柔慧道：

"既然如此，小母舅不必客气了。"

文立人遂坐上去，乡人抬起道：

"哎呀！好一个胖子，要压死我们了。我们起先抬的是小姐，早知道胖子先生要坐，我们不抬的。"

文立人道：

"到底抬不抬？"

乡人道：

"要吃饭也没法，请你先生多给些酒钱吧！"

立人道：

"这倒可以的，不要啰里啰唆，快走！"

乡人遂抬着，跟了前面的轿子走去。清涓却和汪琬、春兰慢慢步行，又问汪琬道：

"姊姊觉得疲乏吗？"

汪琬笑道：

"我倒还不十分吃力，那位文先生却走得苦了，这是瘦子的便宜。"

三人一路说，一路玩赏风景，只听左边山林中叫鞭响，知道是璧人等在那里，但却看不见。过了桃花涧一带，松林风卷，松涛宛如潮声，路旁泉流汩汩，想是从天池来的。前有一碑兀立，大书"天养人"三字。清涓道：

"这是什么意思？天生万物，人当然是天养的。"

经过天池门，见山轿已在前面高处，三人跟着山轿走去，愈走愈高，来到一座寺前，山轿早已歇下。柔慧等立在寺前眺望，见清涓等来，便道：

"你们大概很吃力了。"

汪琬道：

"还好。"

柔慧道：

"他们还没来呢！我们且先进寺去休坐一番。"

见寺旁另有四肩山轿歇着，知道也是游人坐的。那寺名寂鉴寺，柔慧等一共七人，走将进去，前面是韦驮殿，殿后向左转去，乃是一个小阁，专备游人憩坐的。寺僧出来，殷勤招待，却见阁里沿窗一张桌子旁，坐着两男两女，正在饮茗清谈。一个男子穿着一身西装，相貌俊秀。一个穿着毛葛的马褂，灰色哔叽的单长衫，鼻架蓝眼镜。两个女子明眸皓齿，容貌一样清丽，年长的穿着洋桃红的夹衫，下系印度绸裙，面貌微瘦。年轻的穿着一件浅碧色的绸旗袍，袖口上和旗袍的下摆都钉着墨色的花蝴蝶，右颊上有一个红色小痣，更见妩媚，足穿白帆布的跑鞋，白丝袜，风韵美好，柔慧看得呆了。她们也向这边端详，柔慧等坐在正中的圆桌旁，寺僧奉上果盘、香茗，大家觉得又热又渴，举杯便喝。咏梅把带来的食物篮开了，请大家来吃。听得叫鞭一声声地渐近，柔慧、咏梅等倚在窗槛上望时，见石鼓峰下蠕蠕而动的，正是柔娟等众人。柔慧也取出叫鞭来吹，彼此一递一声地呼应，看看柔娟等走得近了，清涓在阁中看看四壁的书画，并没有好的，但有一幅天池山的图，清涓细心，看了知道山中有许多胜处，遂指点给慕蕴等看。不多时，柔娟等来了，四人都是走得满面流汗，子美和璧人已把西装的外衣脱下，柔娟和咏絮一进来便坐下道：

"吃力，吃力！"

那边桌上的两个少年忽然立起来，走到子美身边道：

"子美兄，你可认识我们吗？"

子美回头一看，便和两人握手道：

"原来是管、姚二兄，怎会不认得呢？恕我不曾招呼。我们一别多年，不想今天在此遇见，巧极巧极！"

子美遂被两人邀到那边去，两个女郎也立起来，鞠躬为礼。那个穿西装的少年指着年长的介绍道：

"这是我的内子。"

又指着年轻的道：

"伊是内子的表妹赵秀君女士。"

又对两人说道：

"他是我的老同学徐子美先生。"

子美坐下，和他们敷衍一番。柔慧等也各自谈话。璧人却和寺僧问讯，方知是山历史甚古。寂鉴寺为魏晋间，支公禅师卓锡的地方，晋帝嘉美他的志向，拨出内帑代他开辟道场，历代以来，时兴时废，直到清圣祖南巡，爱慕天池的胜迹，在山上住了多日，并命地方官建筑亭台殿阁，又雇用了许多石匠开辟山路，可惜洪、杨一役，被火焚毁。后来，虽经山僧极力经营，稍稍恢复，但毁坏的已多了。众人在阁上望着，背后的莲花峰高耸云霄，是山的最高处，一名吴中第一峰。柔娟道：

"我们快去游吧！我要一登莲花峰，以览这山的胜景。"

清涓道：

"姊姊走了许多山路，还余勇可贾，要登莲花峰吗？"

柔娟道：

"去年游天平，我也扒到上白云的。"

这时，子美的朋友和两位女郎告别先走，原来他们早已从山上下来了。子美送出寺去，回进阁中。慕蕴问道：

"这个戴蓝镜的可是姚潜夫吗？我见他同哥哥说话，才想起他是眇一目，所以戴副蓝眼镜的，竟不认得了。"

子美道：

"潜夫现在湖州乡间办大规模的种植事业，新辟农场、果子

77

园等招我去参观。那个穿西装的便是新法画家管翼德，现在杭州办西泠美术班。一个穿洋桃红的少妇便是他的妻子，那个穿旗袍的是他妻子的表妹。他们约我游西湖去，此番他们来苏是吃喜酒，乘便游玩的。"

子美正在讲论，忽见文立人跳进来道：

"快去看，十殿阎王。"

柔娟道：

"在哪里？"

立人道：

"在后面，你们跟我去。"

大家遂立起身来，留春兰守在阁中，都走向后面殿上，果见两廊新塑着十殿阎王的像，以及地狱诸景，阴森可怖。咏絮正立在黑无常的前面，那无常伸出的手正摸在咏絮背上，汪琬看见，便道：

"咏絮姊姊请看，背后是什么？"

咏絮回头一看，不觉叫起来道：

"哎呀！好一个摸壁鬼。"

大家笑起来了，又走到殿上。柔慧见神座边有签筒，遂伸手去掣一签，乃是上中，众人见了，都来抽签。子美、咏絮、柔娟三人都抽得下下，齐声说道：

"晦气，晦气！"

独有清涓抽得大吉，立人把签筒倒出来一看，下下签只有四根，却抽出了三根。咏絮以为不祥。璧人道：

"迷信，迷信，我们并非求签，不过抽抽罢了，有什么道理？

时候不早，快游山去。"

大家出了寂鉴寺，见有一座石屋，中间有石像，绘以彩色。清涓看着壁上游人乱涂的诗句，不觉好笑。柔娟要登莲花峰，问有谁去，璧人、子美、咏絮、慕蕴、汪琬都要去。立人道：

"我也去。"

柔娟道：

"走不动时没人来负你的。"

立人道：

"笑话，请你看吧！"

于是七个人再行觅径上山，这里剩下柔慧、咏梅、清涓三人，在寺的四周游览一遍，坐在山石上闲谈，觉得山中清静幽雅，和城市的热闹繁华别是一境，久处繁华，一游乡间，心胸便觉清朗，有物外之思。清涓道：

"妹家石湖边上，楞迦山麓风景也很清丽，他时有兴，请到舍间一游。"

柔慧道：

"要的，也要来请师母的安。"

咏梅道：

"现今世乱，日亟茫茫，大地无处乐土，此山却僻远，少人迹，倒是隐居之地。"

清涓点点头。众人正在闲谈，又听叫鞭响，三人抬起头来，瞧见山顶上有小白物徐徐而动，正是柔娟等，众人又见有两只苍鹰飞翔而下，疾如矢落。清涓不由想起了上方山中的一幕，暗想：今天若得吟秋同来，必又引起他的猎兴了，芳心中觉得软绵绵的，异样感触。三人坐了多时，柔慧一看手表上，已近四点钟了，急道：

"他们还不下来，今晚不知何时回家呢！"

遂把叫鞭连连吹响，催他们速下，果然上面答应着，见他们远远地从莲花峰边走下来了。回到寂鉴寺，咏絮娇喘微微，走不动了，柔娟道：

"咏絮妹妹，好险啊！伊走上莲花峰时足下一滑，望后边跌下去，幸得哥哥在伊后面一把拖住，否则一落千丈，要做绿珠第二了。"

咏絮红着两颊不语。文立人也走得汗流浃背，脱剩一件单布衫。璧人兴致最好，问道：

"你们要摄影吗？这里还有两张，其余的都在山顶拍去了。"

咏梅道：

"我要照一张。"

遂立在寂鉴寺前摄下一影，璧人又代徐氏兄妹摄了一张，柔慧提议下山，众人也兴尽欲返。璧人取出一块钱给寺僧做茶资，寺僧送至门外而别，柔慧等仍坐了山轿，清涓因为咏絮疲乏，把山轿让与伊坐，自己和柔娟等步行。大家走下山来，一轮红日已落下，山坳中天半余霞成绮，已是暮景。回到驳船上，付去轿资，坐了驳船，摇回去。到得大舟旁，舟子已在桥上盼望好久了，撑着篙子，接过众人。璧人又取出两个袁头来给乡人，乡人要争酒钱，子美又给了两角小洋道：

"去吧！不要争了。"

柔慧遂命舟子快快开船回去，舟子忙着撑篙扳梢地回转船头向原路摇去。众人坐在船中，觉得晚风生凉，十分疲倦，船上人烧好了面和两碗虾仁，一碗一碗地送出来。大家肚里也饿了，觉得面很好吃，文立人吃了，还要添。他口里嚷道：

"现在不怕吃饱走不动了。"

又吃了一大碗。吃过面后，璧人道：

"我们枯坐无聊，大家讲一个故事吧！"

咏梅道：

"赞成。"

大家一路讲讲故事，回到阊门南新桥下，已有九点多钟，岸上电灯光明，人声嘈杂，又近城市了。璧人付去船资，收拾东西，大家走上岸来。汪琬、文立人、徐子美等各自告别回家，慕蕴也要回家去，请柔慧请假一天，在家休息。柔慧笑道：

"明天我们也要赖一天学了。"

柔慧等看徐子美等去后，共雇了七辆人力车，坐着进城。回到家中，门房早在门外守候，开亮了电灯，一路走进去，瞥见花厅旁的书房中电灯光明，柔慧忙问道：

"谁人在那里？可是有什么客？"

下人答道：

"今天下午，老爷饮酒时，有一个邓少爷从汉口前来，带了许多行李物件，在此吃晚饭，现在老爷还陪着他在书房里谈话呢！"

柔慧对璧人笑着道：

"原来邓老四来了。"

柔娟面上一红，咏梅姊妹不知其中缘故，便问：

"邓老四是谁?"

柔慧指着柔娟道：

"请你们还是问她，不难明白一切了。"

柔娟在柔慧肩上打了一下道：

"姊姊不要乱说。"

首先走进里面去，众人跟着进来。欲知邓老四是何人，和柔娟有什么关系，请看下回。

评：

　　游山最感无聊的是来去的长途中，伊们姊妹俩有丝竹管弦之乐，那就更添兴趣了。便是讲小说，也觉得簌簌生新。

　　抬山轿的暗号叫"捉狗"，非常难缠，对着胖游客种种需索，作者老于游山，所以说得如画。

　　游十殿抽签都是伏线，所谓微风起于蘋末，在事实上是迷信，在小说上都不能少。

　　邓老四好像奇峰突起，读者一定急欲看下文了。

第八回

青梅竹马自昔有心
钿约钗盟者番如愿

这是四年以前的事了。吴仕廉有个门下士邓泽如，一向在山东政界上做事，忽患急病逝世，邓夫人遂挈了儿女重回家乡。邓泽如共生三男一女，长子次子都在三岁上死去，第三个是女儿，闺名淑珍，第四子年纪最轻，名豪士，一向在山东济南齐鲁大学里读书，现在转学到平江大学。邓夫人回苏时，因为自己没有屋子，便借住在吴仕廉府上，仕廉顾念旧时师生情谊，便将绛云楼下东边两间出售室让给他们住。邓夫人为人十分和气，和文氏很要好，豪士那时已有十九岁，在平江大学里读书，每星期六回家一次。其时璧人还没有进去呢，豪士常常教他们英文。

柔娟时年十六，很和豪士亲近，要豪士教伊算学，邓夫人喜唤她儿子的小名，老四老四地唤得很忙。豪士的性情很好，有小孩子气，所以柔慧、柔娟常和他闹笑，也唤他老四。文氏对邓夫人笑道：

"你看她们这样不客气了，小孩子真没规矩。"

邓夫人道：

"如此反觉亲热些，让她们喜欢怎样叫唤好了。"

豪士有个伯父在汉口某银行中做行长，常寄钱来给他们，豪士的伯父不喜女色，娶了一个妻子，一直没有生育，前年妻子亡故，不想重续鸾胶，所以把豪士当作自己儿子一般看待。豪士在这年要在平江大学毕业了，毕业之后，他伯父还要送他出去到美国留学，习经济科。豪士很用功读书，心思灵巧，最爱柔娟，柔娟要什么，他必遵命办到。

有一次，他们在花园中弈棋，这是豪士造出来的海军棋，仿陆军施旗着法，不过陆军旗分将校尉士，而海军中却把军舰来分等第的，最大的是无畏舰，其次为铁甲巡洋舰，其次为巡洋舰，其次为潜行艇，其次为驱逐舰，其次为鱼雷艇，其次为炮艇，而中央军舰便是陆军棋中的军旗。任何方面夺得军旗的便算胜利，此外，又有水雷和扫除水雷艇，又有鱼雷，又有飞机和射艇、炮舰，璧人、柔娟等都很喜弈。这天，柔娟拖着豪士下海军棋，请柔慧做公证人，豪士遂和柔娟下棋，但豪士棋精，柔娟如何是他的对手？专喜欢把无畏舰等棋子走出去冒险，不料两只无畏舰都撞在水雷上去掉了，兀自不服，再把飞行机走出去，一连杀掉豪士名下铁甲巡洋航一艘、无畏舰一艘，豪士知道是飞机了，便将射艇炮舰开出去，把柔娟的飞行机又除掉。柔娟大大地受了损失，海军舰队七零八落，不复成军，所剩一二巡洋舰已无战斗能力，中央军舰虽有水雷掩护，却被豪士调了扫除水雷艇扫去水雷，两枚一举手，把中央军舰夺来，这局棋便被豪士得胜了。柔娟不肯认输，重着一局，也因冒险轻进的缘故，又失败了。柔娟立起身来，便往里走，回到文氏房中，文氏正和邓夫人讲话，见柔娟噘着嘴，一声儿不响。文氏问伊为甚事生气，柔娟初不肯说，逼三逼四，遂说：

"四哥哥……"

又不说了。邓夫人道：

"敢是他欺负小姐吗？"

这时，豪士收拾了棋子，和柔慧也走进来了。邓夫人道：

"老四，你可得罪娟妹妹吗？"

豪士笑道：

"我没有啊！娟妹妹为什么生气？"

柔慧道：

"自己输了，反要怪恨别人，岂非笑话！"

豪士走到柔娟面前，向伊一揖道：

"多多得罪，以后我和妹妹着棋时，我的无畏舰终不敢开到贵领海里来了，我们再去着一局，胜败兵家常事。"

柔娟见豪士这种形状，不觉扑哧笑出来了。豪士拖了伊的手，走出去，道：

"我们再去着棋。"

邓太太见两人如此相爱，很有意思要代儿子求婚，但恐文氏不肯。后来，豪士在平江大学里毕业了，预备出洋，邓太太也要带女儿到汉口大伯那里去，临行的前几天，邓太太偶然对文氏提起儿子的亲事，说很有几处来说媒，但因不相熟识，豪士心中也不愿意，所以还没有定亲。现在出了洋，又只好待他回来再说了。那时，豪士、淑珍、柔娟、柔慧都在旁边，邓夫人瞧着柔娟道：

"我觉得娟小姐很是可爱，不知你可肯给我做媳妇吗？"

柔娟听说，面上晕红，低下头去不答。豪士在旁偷看柔娟，觉得柔娟果是可爱，淑珍拍手笑道：

"娟妹妹不要害羞啊！"

文氏道：

"柔娟和老四匹配，我也很赞成的，只要祖父答应，我没有不通过的。现在老四要出洋，柔娟也要读书，且待老四回国后再谈吧！"

邓夫人道：

"也好。"

不料这几句话被柔慧听见，告知璧人，便在这天下午，璧人和柔慧串通了，将豪士、柔娟拖到舞鹤厅上，将两人挟住，面对面地硬逼鞠躬。一面喊道：

"快来看，文明结婚。"

两人挣扎不脱，面孔都涨红了，引得许多下人哈哈大笑。这一幕剧在两人脑中都深深印上，不会忘记。以后，豪士出洋去了，邓夫人和女儿淑珍也辞别吴家众人住到汉口去。豪士到了美国之后，时常和柔娟通信，寄照片及玩物前来，璧人也要向柔娟调笑道：

"豪士写信前来，十封信倒有七八封信寄给妹妹的，为什么他对妹妹格外待得厚呢？"

柔娟笑道：

"哥哥也要来说笑我吗？你去请问他好了。"

柔慧道：

"他是谁？他他他……"

柔娟便逃到文氏房中，说道：

"母亲，他们都和我来为难，我不要。"

文氏便对柔慧等说道：

"你们总是伊的姊姊、哥哥，不要这样取笑人家。一报还一报，以后柔娟也要还敬你们的。"

柔慧笑道：

"不怕的，我是愿效北宫婴儿子终身不嫁，奉侍母亲，恐伊没有报复的机会了。"

文氏道：

"胡说，男大须婚，女大须嫁，将来一样都要嫁出去的。"

柔慧道：

"看吧！这都是四年以前的事。"

去年豪士学成归国，因为急就汉口某银行的聘请，所以苏州没有来，一直从上海到汉口，到了汉口之后，又因某大学请他教授经济学，自己又做了会计师，身兼数职，十分忙碌，只有抽空写信前来问候。他和柔娟通信数年，爱情更觉浓厚，柔娟曾拍了一张小影寄到美国去，上写"我至爱之豪士哥惠存"，豪士接着了，欢喜得心花都开，朝夕把玩，爱不忍释。朋友们看见了，问：

"这是何人？"

他常答道：

"这就是我的未婚妻。"

所以，豪士的爱情已整个灌注在柔娟身上了。此次特地请了半个月假来苏探望，乘便要向吴家乞婚，早订良缘。凑巧他来的一天，柔娟等姊妹都游天池山去了，吴仕廉正陪着朋友饮酒，见豪士到临，十分快活，他常说：

"豪士敏而好学志气高傲，将来必是跨灶之子，有一番事业可做。"

至于柔娟和豪士通信他也知道，却并不去干涉他们，现在见豪士一别数年，丰神俊拔，真是一个大好青年。豪士见了仕廉，请过安，说了许多道念的话，又问：

"璧人弟等在哪里？"

仕廉道：

"他们游山去了，今晚要回来的。"

豪士遂到里面去拜见文氏，送上许多汉口带来的土货。文氏含笑问他在美国的事，以及现在的职务，又问：

"邓夫人可安好？"

豪士一一回答。晚饭后，吴仕廉的朋友去了，马珵也回到碧桃轩里睡眠，豪士到书房里和仕廉闲谈新大陆的风俗，等候璧人等回家。将到十点钟时，听得人声喧笑，知道他们回来了。柔娟被柔慧说了几句，腼腼腆腆的，要紧进去，众人跟着入内。柔慧一因已在夜间，她们姊妹不便去见，二因游山归来人已力乏，没有精神敷衍客人，各个回房休睡，只有璧人出去相见，欢谈片刻，璧人便请豪士下榻小琅环斋。一宿无话。

明天，早饭后，璧人陪着豪士入内，那时柔娟等姊妹正坐在绛云楼下的曼陀罗精舍内，大家相见，都觉得一别数年，今非昔比了。咏梅姊妹没有和豪士见过面，遂由柔慧介绍，豪士从网篮里取出许多东西，书籍啦，画片啦，化妆品啦，玩具啦，分赠给柔慧姊妹，其中有一只青铜的牛为柔慧所得，又有一对意大利石刻的裸体美女，冰肌玉肤，光滑细洁，和一个银制的天使，有三寸多长，张着两翼，傅以彩色，栩栩如生。豪士刚放到台上，柔慧和柔娟争先抢取，各不相让。豪士道：

"石刻裸体美女送与娟妹，银制天使送与慧妹，你们如喜欢，以后再当赠送。"

柔娟取了两个裸体美女去，豪士也送些化妆品和食物给咏梅、咏絮，柔慧、柔娟都去放好了东西回来，坐定，然后和豪士谈话。豪士历述在美求学状况，说：

"外国人注重时间光阴，即黄金一语，以前在书本上读过，以为和大禹惜寸阴等一种相像的说话，及到彼邦以后，才知是实在的了。美国工人每天工资所得平均有五块金洋之多，在吾国做一个大学校长也不过如此，所以，有些穷读书的留学生都抽出工夫去做工，例如代餐馆里去洗些碗匙，每次所得约有两块金洋，可以贴补房饭钱了。"

又说：

"美国人最重金钱，狠命地要钱，因此注意时间、经济了。我国人则不然，随随便便，没有时间、经济的。"

又说：

"芝加哥富翁甚多，交通繁盛，而杀人越货的事也很多。其中黑暗的事情难以枚举，大约将来的上海趋向也是如此。一方愈文明，一方愈黑暗，社会的内容如此，进化律如此，岂非可叹？"

豪士把美国的风俗奇闻一件件说给他们听。柔慧也把此间的事情约略告诉，好在他们时常有信来往的。下午，清涓告辞而去，后天，徐子美兄妹、汪琬等都来读书，璧人、柔娟也到校去。豪士四处去看看朋友，喝了几天酒。

光阴易过，又是星期日。这天，豪士约柔娟姊妹出游，柔慧有些头痛，回说不出去。咏絮姊妹都和璧人参观美术展览会去了，豪士遂偕着柔娟去游虎邱山。柔娟十分高兴，临镜装束，穿着一件新制的白印度绸旗袍，四周钉着红色的玻璃边，很是美艳。两人出门，坐着车子，拉到虎邱山下，停了车，上山游览，但这时已是榴火照眼，黄梅时节，两人觉得燠热，在剑池边走了一转，豪士道：

"这里日光逼人，不如到隔壁李公祠内去喝茶。"

柔娟道：

"也好。"

遂同出山门，走到李公祠里来，在一间小阁里坐下。阁外绿荫如盖，阳光不到，清风徐来，遂对坐品茗，觉得幽静得很。柔娟问豪士道：

"豪士哥，几时要回汉口去？"

豪士道：

"不过一星期了。"

柔娟听着不语。良久又道：

"你看，我写的信近来笔下可比以前通顺些吗？"

豪士道：

"大佳大佳！这几年来我觉得娟妹的国学进步得很快，词句清丽，思想也很好，近又得着名师指教，他日造就未可限量。"

柔娟笑道：

"你不要说这些话，我真惭愧得很，你总不肯指教我，反而时时赞美我，使我疑你不老实了。你爱我的，还是要教我。"

豪士道：

"冤枉冤枉！娟妹天生是好，并非我有意谄媚，我在美国时，

90

每次接到你的信，心中便觉快乐得什么似的，手舞足蹈地，不自知了。实因你写的信非常之好，所说的话句句打入我的心坎。有一次，我接到你的信时，正在晚上，在月下背着人偷读，想到你此时不知在家中做什么，远隔海洋，无从得见，只有梦魂飞越，却时时和你相见，任你怎么远，不能阻隔了。"

豪士说得高兴，柔娟听了，面上却泛起两朵桃花。豪士觉得自己预备的话必要说了，遂又带笑问柔娟道：

"娟妹，你可猜得出我此来究竟为着何事？"

柔娟答道：

"不是来看看我们，乘便一游苏台吗？"

豪士摇摇头道：

"我现在身兼数职，事务很忙，哪里有这半个月的空闲光阴来这里消耗在游山玩景呢？我是有绝大的希望而来的，所以情愿牺牲半个月的黄金光阴。娟妹，你可知道吗？"

柔娟心里已有几分明白，却仍装呆道：

"我却猜不出，请你告诉我吧！"

豪士笑道：

"请你猜猜看，我为着一人而来。"

柔娟假问道：

"为着谁来？"

豪士对柔娟紧视着，柔娟不觉俯下头去。豪士道：

"此人是我心中最敬爱的人，亦为近几年来朝夕萦怀、念念不忘的人，妹妹你难道不知吗？我直说了，便是娟妹啊！"

柔娟道：

"多谢你，这样辱爱……"

说了一句，说不下去了，微微笑着。豪士道：

"我母也很喜欢你，望你和我配成佳偶，以前不是曾对你说笑过的吗？"

柔娟想起舞鹤厅上对拜的事，很觉难以为情。豪士又道：

"我此番奉着母亲的命而来求婚，带得母亲的信在此，是向令祖父和伯母请求允许的。我想，婚姻自由，复得双方同意，虽我们通姹数载，彼此性情熟悉，情感深厚，而这一层手续却不可不经过，所以先想向你乞婚，如你对我没有异议，然后我再向娟妹的家长提出婚议。叵耐几天来没有机会和娟妹单独讲话，今天星期日，因此约你出游，且喜他们都没来，此刻我大胆地向你说了，谅娟妹爱我的，必不把我的说话认为唐突，静候你樱唇微动，说个是字，我的希望就此达到，当终身和你做个亲爱的伴侣，以后的光阴都是甜蜜的了。娟妹，你答应我吗？"

说罢，很恳切地专待柔娟开口。不知柔娟如何还答，这段姻缘能否成就，请看下回。

评：

序述四年前事也是穿插入妙，不像登帐一般全无组织。

实在已经明白，偏要假痴假呆，这种心理深深地埋在青年女子的腔子里，不知如何给作者掏出来的。

这个"是"字要慢慢地说出来才有意味，但是读者一定焦急了。

第九回

绮宴间檀郎代饮
酒令下女伴构思

柔娟听了豪士一番又温馨又缠绵的说话，芳心中不觉扑扑地跳起来，心里很情愿答应他，但觉口中难说。隔了良久，只得说道：

"豪士哥，请你去向我祖父和母亲磋商，我个人当然没有什么问题的，久已接受你的爱了。"

豪士见伊已倾心于他，十分快活，便又道：

"若得娟妹的家长通过，我们的希望得以成功，我想不久便要结婚，婚后再回汉口创设一个很美满的快乐家庭，大家得到人生的幸福，你想好不好？"

柔娟点点头，两人又闲讲一切，直到五点多钟，斜阳一角挂在林梢，遂付了茶资，走出李公祠，坐了两辆车子，回到家中。见了文氏，知道璧人等还没回来，柔慧却陪徐子美在园中弈棋去了，两人寻到园中，才见柔慧和子美两人正在醉月亭上弈棋。柔娟走进亭中，带笑说道：

"你们却躲在这里着棋吗？谁胜的？"

柔慧笑着回问道：

"你们说的什么地方？"

柔娟指指豪士说道：

"他要游山，我陪他到虎邱去的，热得很，后到李公祠里去饮茗清谈……"

柔娟话没说完，柔慧早笑道：

"好啊！走到这地方去谈话，没有人听见的，你们讲些什么？"

柔娟知道阿姊要调侃伊，便道：

"你看吧，你那边上的一排白棋子要被子美兄包围住没得路逃生，快快飞一子吧！"

柔慧道：

"不要急，我这里下一子可以扭转来了。"

原来，柔慧的围棋是众人里头最为精明，只有徐子美还可和伊对弈，鹿死谁手，尚未可知。这天眼见众人都出去游玩，自己懒洋洋地不高兴出外，一个人觉得无聊，伴文氏谈了一会儿话，走到绛云楼上开留声机听几种梅兰芳唱的片子《霸王别姬》啊，《汾河湾》啊，《天女散花》啊。忽然，侍婢春兰走上来报道：

"徐少爷在下面。"

柔慧遂停了留声机，走下楼来了，见了子美，道：

"今天来得不巧，他们都出去了。"

子美道：

"哪里去的？"

94

柔慧道：

"璧人弟伴着咏梅姊妹到青年会里参观画会去了，柔娟妹却和邓豪士出城的。"

子美道：

"他们这样高兴吗？"

遂坐下和柔慧谈些艺术，子美素来佩服柔慧的画，要请柔慧代他绘一个扇面和一幅三尺的立轴。柔慧笑道：

"我的画是怕人山水，不值一笑，你若真的中意，我可遵命。"

又道：

"我们到花园中去着围棋可好？"

子美道：

"好的，但我的围棋远不如你，请你要让些。"

柔慧道：

"不要客气。"

遂命春兰取了棋盘、棋子，一齐走到园中，穿假山到醉月亭中，对坐而着。春兰端上香茗，两人且谈且弈，直到秀娟来时，已着过两局了。子美见豪士在旁，便道：

"我的棋是献丑罢了。密司脱邓，你不要笑。"

豪士道：

"子美兄，不用客气，我是门外汉。"

方说时，假山下笑语喧哗地走上几个人来，正是璧人、咏梅、咏絮来了。子美把棋局一掳道：

"算我输吧！天色已晚，不用着了。"

两人遂立起身来，向璧人道：

"你们参观得怎样了？"

咏絮道：

"名画很多，新旧兼有，我最喜顽道人画的《春江泛舟》，风景如画，还有姓樊的一幅《芦雁》，栩栩如生，我最称美。"

璧人对柔慧道：

"张静影的画也还不错，他有三幅立轴很好，一幅是《兰闺清课》，一幅是《荒江独钓》，一幅是《晨妆》。"

柔慧道：

"他是学费晓楼的，在苏州也很有名气。"

咏梅问柔娟到哪里去，柔娟道：

"虎邱，你们参观画会怎么反比我们回来得迟呢？"

璧人道：

"我们参观画会以后，又到植园中去散步的。"

其时天色渐渐黑下来，众人遂回到小琅环斋去坐谈。明天，豪士便把他母亲的书信送上，给吴仕廉看，仕廉看了信，点点头道：

"很好，我也早有此意，但愿你们多情人成了眷属，将来举案齐眉，琴瑟和谐，也使我早了心愿。"

豪士面上微红，连连说是。仕廉持了书信，走到后面绛云楼下，文氏正下楼，见了仕廉，叫一声爹爹，仕廉把信递给文氏读了。说道：

"我看豪士品学兼优，很能服务社会，是个有为的青年。娟儿又和他时时通信，他们俩感情很好，正可配作一对儿。邓夫人为人也很温淑，现在既有信来代伊的儿子求婚，我想就此答应他吧！你看如何？"

文氏答道：

"媳妇一向有这意思，爹爹若果赞成，这事便成功了。"

仕廉道：

"娟儿可知道吗？"

文氏道：

"前夜我故意对伊道：'我想将你配给豪士，因为其母亲曾对我提议过，我说学成后再说。现在豪士留学回来，身兼几职，已能自立。此番来苏，迟迟不去，莫非有意于你？不知你的心中何如？'伊答道：'悉听母亲之命。'我道：'我的意思，要把你嫁给豪士。'伊虽不语，可已心许，所以不必去问伊了。"

仕廉道：

"他在外边候着，我去回报他，好使他快活，也知道我们老人家能够体谅他们。"

遂返身出去，对豪士道：

"里面我也问过，没有什么别的问题，恭喜你们好吃喜酒了。"

说罢，哈哈大笑。这个消息一传出去，大家都知道了。咏梅姊妹、徐慕蕴、汪琬等都向柔娟调侃。柔娟道：

"你们不要这样取笑，己所不欲，勿施于人。大家都有这一天的。"

柔慧道：

"我们只要现在向你闹闹好了。"

于是大家你一句我一句地取笑了一阵，柔娟任他们闹，大家说说，也不说了。豪士因为要早还汉口，急于文定，遂和仕廉商量，择于下星期六五月十四日订婚，豪士预备定制一百个锡茶叶瓶，两种饰物，一样是一条珠链，一样是一对钻戒，晶莹璀璨，早已从汉口带来。一面写信回去，禀告伯父和母亲知道。到了十四那一天，吴仕廉邀请亲戚好友前来饮酒，厅上点起红烛，一切仪式都由文氏出主照办。午时设宴，男宾都在舞鹤厅上，女客尽在曼陀罗精舍，十分热闹。清涓也得了信前来，大家先向吴仕廉、文氏道喜，再向豪士、柔娟两人道喜。晚上，众宾客都去了，独有徐子美、文立人、汪琬等众人闹着要吃酒，璧人又去定下女子苏滩摆在花园中，荷花厅上一时弦管璈曹，莺声百啭，花园中各处所装的电灯都亮起来了。酒宴便设在荷花厅上，吴仕廉、马璆、徐子美、文立人、璧人、豪士，还有账房王回，坐了一桌，文氏、柔慧、柔娟、咏梅、咏絮、慕蕴、清涓、汪琬，众人坐了一桌，大家举杯畅饮。其中咏梅最会说话，说了许多吉祥语，引得文氏等都笑起来。文氏拍拍咏梅的香肩道：

"梅儿，但愿你将来也得个美郎君，使我舅母吃杯甜蜜蜜的喜酒。"

柔慧、柔娟听了，首先拍起掌来，慕蕴等也鼓掌相和，一时掌声大起，咏梅不觉红晕于颊。隔壁席上璧人忙过来问为什么拍掌，柔慧道：

"母亲说咏梅表妹早早嫁一个美郎君，所以我们拍手。"

璧人道：

"原来如此。"

也拍起手来。徐子美道：

"今天我们各人要敬新郎、新妇一杯酒，你们以为对不对？"

柔慧道：

"应得应得。"

子美遂斟满了酒，举起杯子，送到豪士面前。慕蕴也斟了一杯，送到柔娟面前，柔娟不肯喝。大家拍手相催，吴仕廉也拍手和璧人道：

"祖爹也拍手了，快快饮吧！"

柔娟无奈，和豪士同时举起杯子，一饮而尽，跟手还敬各人一杯。隔了一歇，文氏不会喝酒，喝了几杯，面上大红，有些头晕目眩坐不住了，遂由柔慧、咏梅搀扶而去。吴仕廉也因天热喝了几杯，同马璆、王回等离席，叮嘱璧人好好饮酒，不要过度。璧人答应一声："是。"清涓见马璆离席，自己要去和他谈话，又不会多饮酒的，遂告辞出去，到碧桃轩陪伴马璆。稍停，柔慧、咏梅回来，只剩柔慧、柔娟、咏梅、咏絮、立人、璧人、汪琬、慕蕴、子美、豪士等十人了。璧人见厅外明月如水，清风拂襟，遂对众人说道：

"我们搬到厅外去喝，举杯邀明月，好不好？"

大众赞成，遂命下人们将酒席搬出去，放上一张圆台面，十个人四围坐住，洗盏更酌。柔慧道：

"我们若要多喝酒，非行酒令不可。"

子美道：

"赞成。慧妹可有什么酒令？"

柔慧笑道：

"待我杜撰出来，今天明月很好，即以月字飞觞。大家背诵古诗一首，诗中要有月字，月字点到谁便是谁接令，而以上被点过的都要喝酒一杯。"

柔娟道：

"我反对。照这个令，大家不知要喝几多酒了，譬如一首七律，末一句中才有月字，那么点数起来，每个人都要喝到五杯了，我不赞成。"

璧人道：

"我们试试看。"

子美道：

"今天我们为娟妹而喝酒，唯有娟妹不能反对，若是娟妹恐怕喝醉，那么好在自有人代喝的。"

子美说罢，大家拍起手来：

"柔妹，不好再反对了。"

遂由柔慧发令，柔慧首先吟道：

君到姑苏见，人家尽枕河。

古宫间地少，水港小桥多。

夜市卖菱藕，春船载绮罗。

遥知未眠月，乡思在渔歌。

他们坐的次序是柔慧、咏梅、璧人、咏絮、立人、慕蕴、子美、汪琬、豪士、柔娟，男女相间而坐的，柔慧吟罢，遂把银箸向众人点去，数到三十五，正是文立人。咏梅、璧人、立人、咏絮各喝四杯，其余喝三杯，自己喝一杯。喝罢，由立人接令，立人摇摇头，想了一歇，遂道有了：

> 别梦依依到谢家，小廊回合曲阑斜。
>
> 多情只有春庭月，犹为离人照落花。

挨次点过去，却仍点到自己，大呼："触霉头。"众人喝了酒，立人再想着一诗道：

> 闻道黄龙戍，频年不解兵。
>
> 可怜闺里月，常在汉家营。
>
> 少妇今春意，良人昨夜情。
>
> 谁能将旗鼓，一为取龙城？

正点到咏絮，众人都喝了两杯。咏絮背诵道：

> 芙蓉不及美人妆，水殿风来珠翠香。
>
> 谁分含啼掩秋扇，空悬明月待君王。

月字又点到柔慧了，柔慧道：

"请了，请了。"

大家喝着酒，听柔慧吟道：

> 愁生山外山，恨杀树边树。

隔断秋月明，不使共一处。

　　柔慧又把箸点到咏絮，笑道：

　　"难为咏絮妹妹了，好得你有咏絮之才，腹笥便便，不怕什么的。"

　　咏絮不假思索，便接着吟道：

　　　　暮云收尽溢清寒，银汉无声转玉盘。

　　　　此生此夜不长好，明月明年何处看。

　　月字点到慕蕴，慕蕴等大家喝了酒，便吟道：

　　　　清商一曲远人行，桃叶津头月正明。

　　　　此是开元太平曲，莫教偏作别离声。

　　慕蕴一数，却数到伊的哥哥子美，子美笑着举起杯来喝了，接着吟道：

　　　　秦时明月汉时关，万里长征人未还。

　　　　但使龙城飞将在，不叫胡马度阴山。

　　月字点到柔娟，只有上个人喝，子美道：

　　"便宜你们了。"

　　柔娟道：

"我也背一首吧——

　　　　夜深庭院寂无声，明月流空万影横。

　　　　坐对荷花两三朵，红衣落尽秋风生。"

大家听了，说道：

"好清雅的诗，佩服你，偏搬得出冷僻的诗来。"

一数月字，却点到汪琬，大家各喝一杯，只有豪士轮不着喝。咏梅道：

"柔娟妹妹，真会偏袒啊！现在已先帮自己人了。"

大众齐声附和，柔娟道：

"这是我出于无心的，休要取笑，我见你们怕了。"

汪琬道：

"好了，你们听我吟来——

　　　　垂杨垂柳管芳年，飞絮飞花媚远天。

　　　　金距斗鸡寒食后，玉娥翻雪暖风前。

　　　　别离江上还河上，抛掷桥边与路边。

　　　　游子魂销青塞月，美人肠断翠楼烟。"

立人听了，说道：

"不好，又要喝几杯了，我实在不能再喝，还要去听滩簧呢！"

说罢，离席而去。慕蕴也道：

"今夜我们喝得不少，柔娟姊、咏絮姊都像醉了，不如就此完了吧！"

子美道：

"那么我们再请两位未来的新郎新妇各喝三大杯收令。"

说罢，把大杯斟满了，送到两人面前，豪士也喝得九分九，不得已，立起身来，拱拱手，道：

"请诸位原谅，小弟不能再饮，改日奉陪。诸位都是海量。"

璧人道：

"这三杯不能推辞了。"

大家苦逼着两人再喝，柔娟一定不肯。欲知后事如何，请看下回。

评：

　　既得本人真挚的爱，又经过家长的同意，这种姻缘可算得巩固而美满了，但是人事真变幻莫测啊！

　　豪士心细如发，情急如画。

　　如此飞觞，也很别致。

104

第十回

月下谈心各抒深意
窗前剪烛共赏奇文

　　豪士为人很直爽的，见众人苦苦相劝，难以拒绝，明知酒是再也喝不下的了。但见柔娟两窝儿深红，两眼水汪汪的，断乎不能再喝，柔娟也一定不喝了。豪士遂举起酒杯道：

　　"那么索性待我来代喝吧！"

　　众人都有醉意，拍手称好。豪士咕嘟嘟一连将六杯酒喝完，觉得天旋地转地，立不定身躯，推金山倒玉柱地仰后倒下。璧人、子美过去把他扶起，豪士已是醉得不省人事，张开口便吐，两人遂扶到小琅环斋去，让他睡眠。豪士又呕了一番，璧人吩咐一个下人来扫去污秽，看他睡下了。其时，子美已先出去，璧人惦念着，园中众人遂关上了门，回到园中，见酒宴早已撤去，厅上女子滩簧叮叮咚咚地正弹唱得起劲。璧人走进厅来一看，文立人、汪琬、柔娟、咏梅、咏絮还坐在那里听滩簧，却不见柔慧、慕蕴和徐子美三人，便问柔娟道：

　　"他们在哪里呢？"

柔娟道：

"他们步月去了。"

璧人遂道：

"我不要听滩簧，谁和我去走走？"

咏絮道：

"我和你找他们去。"

璧人道：

"好！"

咏絮立起身来，要拖咏梅、柔娟同行，柔娟道：

"我要陪客呢！不去。"

咏梅也道：

"我喜欢听滩簧，不去不去！"

咏絮遂和璧人走出厅去，这里众人听着滩簧，柔娟醉得倒在汪琬肩上，人家说伊醉了，伊还不肯承认。其时，清涓摇着扇子，从碧桃轩回来，和众人坐在一起，咏梅和伊谈些民间歌谣，清涓于诗歌一道很有门径，咏梅十分佩服。等到滩簧唱完，已有十一点钟了。文立人怕热，早回家去。柔娟也倒在汪琬肩上睡着了，汪琬喊伊不醒，遂道：

"我们扶伊进去睡吧！"

清涓道：

"好的，我和姊姊扶伊去。"

两人遂扶着柔娟而去，只剩咏梅一人在荷花厅上看下人们收拾一切，颇觉寂寞。咏絮、璧人又不回来，自己也喝得有些醉醺醺了，想走去寻找他们，走出荷花厅，凉风拂面，明月在天，向九曲桥上一步一步地走去，睹着园中的夜景，心中不觉有些感触。走过九曲桥，向假山上望望，也不见有人影儿。回身往南走去，听得牡丹厅上似乎有声音，电灯也亮着，遂走去一看，却见伊的妹妹咏絮伏在一张百灵台上啜泣。璧人立在伊的身旁，见咏梅走来，便道：

"好了，你来劝劝伊吧！恐怕伊醉了。"

咏梅微笑道：

"醉了吗？好好地哭起来，不怕害羞吗？"

咏絮抬起头来，双眼已哭得红肿，说道：

"姊姊，你也要来欺负我吗？"

咏梅道：

"我为什么要欺负你？不要喝醉了冤人。"

原来，咏絮和璧人出去步月，走到牡丹厅。咏絮道：

"我们在此清坐一刻再走，今夜我多喝了酒，心中有些难过。"

璧人道：

"很好。"

两人遂对面坐下，远远听得荷花厅上弹唱的声音十分热闹，咏絮看着明月，支颐不语，良久，吟道：

床前明月光，疑是地上霜。

举头望明月，低头思故乡。

璧人听了，便道：

"月亮这样东西真有些神秘色彩，使人看了心中便有许多感触，或喜或忧，那是看各人的境遇而异。今夜我们喝娟妹的喜酒，飞觞醉月，及时寻乐，好似李谪仙春夜宴桃李园，电灯璀璨，不用秉烛，而咏絮妹独吟着这一首诗，难道也有所感吗？"

咏絮叹一口气道：

"今天我告诉你几句心里话吧！我生不辰，早岁便没有父母，姊妹两人伶仃孤苦，依着婶母而居。在理是，我们是孤苦的儿女，婶母自应好好照顾，偏偏逢着伊悭吝成性，一向讨厌我们。幸亏有外祖父相爱，时时照顾，可是因此辍了学业，半途中止，眼看着同学们升学的升学，服务的服务，都很活泼，唯有我们没得这个福分。虽在此地研究国学，有马先生指导，然我的志向不仅在此，总想出外求学研究些科学，将来可以到社会服务。然而哪里有这种机会呢？我的脾气自知又很高傲，不肯去腼颜求人，也不会逢迎人家的意旨。你们和我合意的多说说话，不合的便不理会，因此我听得人家背地里说我目高于顶呢，说我一肚皮不合时宜呢，不比我姊姊，反能四面敷衍，人家都说伊的好话。"

咏絮说到这里，顿了一顿，又道：

"我想，爱我的人世界上恐怕没有了，只有我的亡母，伊生时常常地抱我，见我生气便用好话安慰我，伊一副慈祥的面貌，使我终生不忘。还有伊临死时对我的婶母说道：'咏絮这女孩子被我宠爱得任性了，我死后伊定要吃苦，请姊姊特别看顾伊。'璧人哥你想，我的母亲不是最爱我的人吗？今天我看着明月，想起了亡母，想起了我的故乡，怎不低回欲绝呢？"

说罢，眼中滴下泪来，把一块紫罗兰色的小手帕揩着，璧人知道伊醉了，所以说出这些话来，便安慰伊道：

"娟妹，一个人生在世上，当抱乐观，看万事万物都像与我有情，打叠起精神向前奋斗，自求幸福，切不可颓唐荒废，自趋悲观，抱消极态度。你们姊妹虽没有父母，是一件大憾事，然而现在已住到我们家中来。大家都是至亲骨肉，也该消灭悲念了。妹妹若要出去求学，待我去和祖父商量，使你下半年出去读书也好，你如有什么事，尽可对我们兄妹说，不要自己存什么外人不外人的心事了。"

咏絮只是不答，伏在台上。璧人正没法安慰，恰巧咏梅走来，便叫咏梅劝伊，不料咏絮说咏梅欺负自己，咏梅有些生气。璧人便把咏絮说的话约略转告咏梅听了，咏梅不由一阵伤心，也嘤嘤啜泣。璧人道：

"不好了，都是我要步月，步月步出不欢的事来了。"好容易劝三劝四将两人劝住，才道：

"时已半夜，他们都已进去，我们逗留在园中做什么？快去睡吧！"

遂和两人回到荷花厅，见下人们已将收拾好，便吩咐看园的吴福道：

"牡丹厅上的灯也去熄了，停一会儿照看一遍，然后将园门关上，你们也好去歇息。"

这时，却见徐子美和慕蕴、柔慧走来，柔慧道：

"好啊！我们寻来寻去找不到你们，你们在哪里？"

璧人道：

"我们在牡丹厅上，并没有走开。"

柔慧道：

"在牡丹厅吗？我们三人本在花舫中清谈，后来回到这里，方知散了。遂回绛云楼，见娟妹和汪琬、清涓等都睡了，只不见你们三人，下楼寻到清芬馆，电灯没有亮着，知道没有，回来又到小琅环斋，只有豪士兄睡在那里打盹儿，又到园中，红梅轩、葡萄轩那里也去找到了，你们却躲在那边。"

咏梅、咏絮道：

"对不起，我们本想找姊姊的，不料姊姊来找我们了。"

璧人道：

"我们回去睡吧！疲倦得很，明天在祖父和母亲面前大家切莫要说起今宵的酒醉情形。"

柔慧道：

"懂得懂得。"

遂各回房安寝，绛云楼下的大自鸣钟铛地已鸣一下了。明天起身，大家想起昨宵醉后的情景，不觉好笑起来。咏絮也有些模模糊糊，记不得了。豪士因为酒喝得太多，身子觉得有些不适意，仍睡在床上。文氏知道了，忙到小琅环斋来探视。柔慧对柔娟说道：

"豪士有病，现在你是和他亲密得更进一步了，快去看看他，大约昨夜他代你多喝了些酒，所以病倒了。"

咏絮道：

"饮酒足以伤身，古人有云：酒极则乱。一个人醉后什么事都要做出来的，所以大禹戒旨酒，圣人防患于未然，不肯多饮的。近日海上有个妇女节制会，戒绝烟酒，提倡道德，入会的也很多，可惜人们以为吸烟、饮酒为应酬上所不可少的事，不肯戒绝罢了。"

咏梅道：

"你少说说吧，自己喝了酒，也要像阮步兵那样痛哭穷途的，你当先戒。"

咏絮笑道：

"今后我再也不喝了，你们如再见我喝酒，情愿被你们打嘴。"

说得众人都笑了。饭后，汪琬、清涓、子美、慕蕴等都告别回家，柔娟等姊妹到小琅环斋里来看豪士，问他觉得怎样。豪士道：

"不要紧的，只觉四体疲软罢了。你们请放心。"

咏梅遂对柔娟说道：

"你请放心吧！"

柔娟不觉娇嗔道：

"姊姊又要来调笑我了，将来我必要回报你。"

咏梅道：

"我不过和你说说笑话罢了。"

大家遂回到清芬馆去弈棋。到了明天，豪士已起来，恢复精神，璧人、柔娟都到校去，柔慧、咏梅、咏絮也到碧桃轩上课，剩下豪士一人，寂寞无聊，和仕廉、文氏等谈谈。据豪士的意思，或在年里，或在明年新正，便要和柔娟结婚，仕廉也很赞成。

豪士又住了三天，要回汉口。仕廉送了许多苏州有名的土产，豪士和众人告别。柔娟、柔慧、璧人三人亲送豪士到火车站，柔娟觉得有千言万语要和豪士说，却不知说哪一句话好，只说了："天气渐热，望豪士哥特别珍重，常常写个信来。"三句话，粉颊上早已泛起红云。豪士也觉得相聚多时，十分亲热，一旦临岐依依，不觉黯然魂销，没奈何，和三人握手珍重而别。

绛云楼诸姊妹自柔娟订婚之后，时时要和柔娟说笑话，咏梅口齿伶俐，文氏很是爱伊，心上要想把伊做媳妇，曾和柔慧暗中商量过。柔慧道：

"咏梅果然很能干，很聪慧，但我看璧人弟似乎和咏絮的感情比较厚些，现在男女婚姻最好任其自主，母亲便时探探璧人弟的意思到底怎样，然后再说。"

文氏道：

"不错，还有你的婚姻，我也时时悬心，只是一时找不出和豪士仿佛的青年。"

柔慧正色说道：

"母亲，我早已说过，抱独身主义，情愿终身不嫁，奉侍母亲，所以不愿提起，母亲休要为我担心。"

文氏道：

"不是这样讲，你将来老了，倚靠谁人？一个女子不嫁，总觉孤凄无依，不如有家室的好。"

柔慧道：

"我又不想去依靠谁，我一世研究文艺，将来也可自立。嫁了人总有种种不自由，何必自寻烦恼？"

文氏再要说时，伊却掩着耳朵走了。文氏遂探问璧人道：

"你今年已有二十一岁，我早想代你娶一个佳妇，好含饴弄孙，也使祖爹快活。现在你的妹妹已和豪士订婚，下半年便要办喜事，所以你也该定亲了，但是外面来说媒的我总觉没有见过，不能深信。唯有咏梅、咏絮两个甥女，一样佳丽，性情又好，两个中不论哪一个给我做媳妇都好，而咏梅反觉讨人欢喜，不知道你的心中如何？"

璧人不防文氏对他提起这个问题，遂答道：

"儿现在还是在读书时代，不妨稍缓，且等毕业后再说吧！"

文氏也只好暂缓提起。光阴迅速，转瞬已是六月，柔娟在唯多女学毕业，大家又向伊道贺。放了暑假，璧人、柔慧常在家中，马璆遂加授文学史和小学。众人因天气酷热，遂定上午读书，下午休息。清涓也时时前来和众姊妹相聚，不过伊志趣恬淡，不慕虚荣，有乃父的遗风。所以绛云楼诸姊妹，作者可以拿花来取譬：柔慧香气独秀，清露微馨，像兰花；柔娟轻姿约素，美色含光，又如凌波仙子，不染一尘，像水仙；咏梅暖艳晴香，绰约美好，像芍药；咏絮英英照日，独傲秋霜，像菊；清涓冰肌玉骨，孤芳自高，像梅；慕蕴妙香真色，清芬袭人，像素馨；汪婉婉媚，天生恬静幽适，像茉莉，众人在此长夏，浮瓜沉李，弈棋吟诗，别自有一种乐趣。

那时，柔慧早代徐子美画好一顶立轴画的，携琴访友，深山巉岩之中，云树四合，匹练飞堕。小桥的旁边有一老翁，戴笠荷杖，随一童子携琴一，风吹衣袂，飘飘若仙，题为《仿石涛和尚意》。又有一个扇面，绘一幅荷塘泛舟，荷叶田田，有一垂髫女子坐小舟棹桨而前，一面又请咏絮写的小楷，把来送给徐子美。子美接了，不胜欣喜，忙去将立轴裱好，挂在自己书房里，来客看见了，都啧啧赞赏。扇面也配上了桃丝竹的扇骨，珍如环宝，于是大家要求柔慧、咏絮两人的书画，两人应接不暇。璧人代他们订了画例，以示限制。咏梅道：

"我们趁此长夏无事，何不来创办一本杂志，各人好把所学的贡献出来，为艺术上的研究。"

璧人听了，很是赞成，便把这个意思告知马璆，马璆也很以为然。吴仕廉知道了，情愿担任印刷费。众人有了后盾，更觉兴高采烈，便举柔慧做编辑主任，徐子美做理事编辑，足足忙了几个星期，集稿已成，便去上海付印。咏梅又写信到杭州的黄叶翁那边去请他做一篇小说来，又请他们在报上鼓吹。黄叶翁非常高兴，做了一篇言情小说《湖上》寄来，并答应他们在报上极力介绍。咏梅大喜，便印在第一篇，那杂志取名《白蔷薇》，内容有柔慧绘的封面画，"白蔷薇"用三色版印。咏絮题签，有马璆的序，插图有柔慧所绘的《月下》、咏絮书的《洛神赋》，璧人摄的《天池胜景》两幅便是前次游天池山的成绩。小说有黄叶翁的《湖上》、咏梅的《一个孤儿》、柔娟的《姊姊的生日》、璧人的《白蔷薇》、子美的《闻琴记》，杂作有咏絮的《清芬馆诗话》、汪琬的《课余漫录》、柔慧的《绛云楼随笔》、慕蕴的《家庭卫生浅说》、清涓的《石湖词话》，其他还有许多诗词，佳制连篇，无美不备，专待出版了。但是，徐子美自从做了理事编辑，时常和柔慧一起编辑稿件，他们的编辑室在红梅轩，境颇幽静。有一天，子美正校对璧人的《白蔷薇》小说，《白蔷薇》是一篇言情小说，叙一女子爱好蔷薇，伊的表兄特为伊辟一精舍，四围遍栽白蔷薇，时时和伊一起玩赏，蔷薇遂生了恋爱。可是那表兄以前另有个女友常来看他，表兄也竭诚接待，但那女子大为不欢，要和表兄绝交，表兄无如何，遂拒绝女友，一意和伊相好，伊才回嗔作喜。子美提笔校到《月如絮语》一段，觉得璧人描写情爱淋漓尽致，遂给柔慧读道：

"不想令弟会有如此香艳之笔。"

柔慧听后，嫣然一笑。子美道：

"古往今来，谁能逃出'情'字？以喑呜叱咤，拔山扛鼎的重瞳尚且有虞兮的歌，欧洲怪杰拿破仑寄他情人约瑟芬的书何等缠绵悱恻？可知儿女情长，英雄气短，百炼金刚也要化为绕指柔。我往常读了言情小说、哀情小说，常使我有一种香草美人的感想。今天读了那篇《白蔷薇》，也觉得情的魔力伟大得很，不知柔慧姊姊的见解如何？"

欲知柔慧怎样还答，请看下回。

评：

在花团锦簇的盛会后，忽地有望月思乡的嘤嘤啜泣，这是何等朕兆？

酒后说心里话是极寻常事，然而出诸闺人之口，便如子规夜啼，异常动人。

紫罗兰的小手帕上沾着思亲之泪，又香艳，又酸楚，酷爱紫罗兰者做如何感想？流泪眼对流泪眼，叫璧人何以为情？

以花比美人自然最适当，也没有了作者一番比喻，仿佛已判定了各个的终身。

第十一回

因微嫌忽生芥蒂
为苦思竟病膏肓

柔慧听子美问伊对于"情"之一字有何见解，便答道：

"人非木石，孰能无情？但男女之间用情当出以正，情场是一条崎岖的道途，稍一不慎，便易走入歧途，不能摆脱。我想世人太从狭义方面着想，青年人都恋恋于儿女情爱，消磨壮志，甚为可惜。不知从广义方面看来，忠臣殉国，孝子爱亲，烈士死友，圣贤殉道，都要有热烈的情绪才可做到，全在人能善用其情罢了。若然自命风流，侈言爱情，像王魁、李益之徒，稗史所载，却是情场蟊贼了。"

子美年少多情，自见豪士和柔娟订婚以后，很羡慕多情人成了眷属，真是美满姻缘，一颗心不由活动起来。近又多和柔慧接近，觉得伊清才绝色，在绛云楼诸姊妹中最沉默而稳重，很可敬爱，所以乘此机会一问，原是试探伊的。却听柔慧对于"情"字如此解释，言中有物，遂不便多说什么了。

璧人在暑假中却忙着开辟网球场，在牡丹厅后，每天夕阳西下时，常和柔娟、咏絮等在网球场上练习网球，一来一往，各献所能，其中最擅的要推璧人和咏絮了。咏絮身手便捷，常能出奇制胜，可惜气力弱一些，因此和璧人不相上下。

有一次，两人在园中单赛，咏梅、柔慧、柔娟、慕蕴都到荷花厅上着棋去。两人拍了好久，成二十五与二十三之比，咏絮输去两球，定要赢转，累得香汗涔涔，娇喘微微。凑巧璧人一球横飞而来，咏絮急忙奔过去想压，不料用力过猛，脚下又是一滑，跌倒在地，璧人看见，连忙抛了网拍，奔过去把伊扶起，问道：

"可曾跌痛？"

咏絮抚着右膝，蹙了眉头，答道：

"我的膝盖上痛得很。"

又把网球拍向地下一摔，道：

"我再也不拍这个球了。"

卷起裤脚看时，膝盖上擦去一层苦皮，隐隐有些血痕，右脚也有些蹩痛。璧人扶着伊走了几步，走到牡丹厅上坐下，要代伊抚摩，咏絮含羞道：

"谢谢你，我不痛了。"

璧人忽然瞧着咏絮说道：

"咏絮妹妹，前次我们喝娟妹的定亲酒时，夜间步月，坐在这里，妹妹醉后大发牢骚，我曾安慰你一番，许代你设法进学校去，不知妹妹可曾忘记吗？"

咏絮听了，叹口气道：

"人生不幸而为女子，又不幸为无父无母的女子，我一向有这志愿，可恨环境逼迫，身不由己，虽蒙此间念至亲骨肉，外祖

117

父招留抚养，厚恩难报，然而终觉得寄人篱下，有许多的不自由。哥哥要说我不知足吗？"

璧人道：

"这也难怪，你们没有父母的子女当然很觉痛苦，妹妹的志愿，我很愿助你成功。明后天我去祖爹面前说项，大约可以有希望的，但不知咏梅妹妹要不要出外去读书？"

咏絮微笑道：

"我看伊却不想出去做苦学生，碧桃轩中研究文学，很闲散的，过过光阴便足够了。"

璧人不觉叹道：

"光阴如箭，青春易过，我等到毕业后也想出去游学外洋，研究些有用的学术，可以回国做些轰轰烈烈的事业，有益于国，有利于己，才不负七尺之躯。强如庸庸碌碌，老死户牖之下。"

咏絮道：

"好男儿自宜乘风破浪，有远大的志向，哥哥的说话我很赞同。因而我常常见有些富家子弟锦衣玉食，偷安苟且，伏居乡里之内，一些不想做什么事业，或有声色自好，纵情娱乐，借着求学做幌子。到后来，一朝堕落，悔之无及，这些人真是自暴自弃，朽木不可雕也。"

璧人又道：

"我虽然有此大志，但不知道能不能让我达到目的。"

咏絮很奇异地问道：

"却是如何？"

璧人道：

"这是有家庭的关系，我母亲单单生了我一个儿子，一姊、一妹都是要嫁出去的。即如柔娟，今年听说要出阁了，所以我母亲很想早早要代我娶一个媳妇，一则好伴伊的寂寞，二则我父亲早已故世，为嗣续计，早想有一个孙儿，以娱桑榆暮景。我祖爹也转这个念头，他们时常向我提起，我总回说毕业后再定。若是要出洋去，至少三四年回国，恐怕他们等不及的，必要逼我办这件事，岂不要耽误我的求学光阴吗？况且一个人婚后心中反多挂牵，足以阻挠求学之志。妹妹你想是不是？"

咏絮听了，冷冷地说道：

"这全在你自己的立志了。"

两人正说着话，咏梅、柔慧等从厅后走来，带笑带说地说道：

"他们拍网球拍昏了，天色已晚，还不肯罢休，我们去看谁胜的。"

踏进厅中，却见两人坐在一起喁喁地谈话。咏梅口快，先说道：

"好啊！我们当你们还在那里拍网球，却不想在此清谈，谈些什么？我们可以听听吗？"

咏絮听伊姊姊这样说，不由带着娇嗔，一声儿也不响。璧人道：

"咏絮妹妹拍网球，忽然一个不小心跌了一跤，跌痛了膝盖，所以歇手，坐在此地胡乱说些球话，没有多时。"

柔娟拍手道：

"好！网球健将也会甘拜下风吗？足见璧人弟的本领优胜。"

咏絮不服道：

"我们还没有比完，怎么硬说我甘拜下风呢？"

柔娟道：

"你已实地试验了，还要嘴强？你若不是甘拜下风，怎肯向他拜倒呢？"

说罢，又对璧人说道：

"你可曾出见面钱？"

众人大笑。咏絮才知道柔娟嘲笑伊，遂奔过去要拧柔娟的嘴，柔娟回身便跑，咏絮追了几步，觉得右脚还有些牵痛，便停住道：

"便宜了你，早晚要和你算账。"

众人遂走出园来，同到绛云楼下用晚饭。恰巧有一封汉口来的信，是豪士寄给柔娟的，下人拿着进来，咏絮先吃完，正在揩面，瞥见粉红色的信封，过去接到手中一看，见有"汉口邓缄"四字，连忙高高举起，笑着对柔娟念道：

"苏州幽兰巷吴宅吴柔娟女士玉展，汉口邓缄。"

柔娟道：

"原来是我的信。"

遂走来想拿，咏絮藏在背后道：

"你要信吗？好好向我行一个鞠躬礼，方才姊姊在牡丹厅上太占便宜了。"

柔娟过来要抢，咏絮逃到曼陀罗室去。柔娟追进去，两人滚在沙发上扭作一团。文氏道：

"天热得很，你们出来吧！不要闹了。"

咏梅遂走去说道：

"妹妹，别人家的信你总不好永久不拿出来，人家不情愿行礼，你也不得勉强，休得胡闹。"

咏絮听咏梅说话，把信递给柔娟道：

"我给了你吧！人家要说我不是了。"

柔娟接了信，立起身来，见咏絮坐在沙发上，面色似乎不悦，便道：

"你要罚我鞠躬，我和你鞠躬便了。"

说罢，遂对咏絮一鞠躬。咏絮笑道：

"我是同你玩笑的，不敢当，不敢当！"

也还了一个礼，柔娟遂挽着伊的手臂出外乘凉去了。璧人到小琅环斋中去取了一管箫，想到花园中去，却见咏梅轻摇纨扇，姗姗而来。璧人道：

"咏梅姊姊乘凉去？"

两人遂走进小桃源，到花舫上坐定。璧人道：

"柔娟和咏絮不知走到哪里去了，她们两人专会闹笑。"

咏梅道：

"我的妹妹还脱不了孩子气，伊又常常要得罪人家，我若去向伊说说，伊非但不服，而且反要怨恨，真使人心冷。方才你看伊，不是因我一句话又动了气吗？"

璧人点点头道：

"不错，但是你们亲姊妹大家应该原谅些，不要为了一些小事生出意见。咏絮妹妹的性子确乎高傲些，然而没有心的。"

咏梅道：

"原是啊！所以我总让伊些，难不成因为这些小事姊妹不睦起来，使人家也要嗤笑。"

璧人道：

"对了，对了，姊姊的涵养功夫真好。"

遂把箫凑到嘴上，很幽静地吹起来。咏梅倚栏看着天河，悄然无语，一阵阵的清风吹来，肌肤生凉，暑气都消。不多时，柔娟和咏絮走来，咏絮道：

"我听得箫声，知道璧人哥哥在这里了。"

又问咏梅道：

"姊姊望着天上的星做什么？"

咏梅笑道：

"我正在想，像天上的星斗，有这样多，是眼睛看得见的，还有看不见的，更是千百万的，不知其数，那么宇宙之大，不知大到怎么样？地球是千百万星中的小小一分子，苏州又在地球上占一个小而又小的位置，我人寄生在世，岂非小得不可说了吗？"

咏梅笑道：

"姊姊又在那里玄想了，我们不是天文家，难以明白其中的道理，不如来唱阕歌吧！"

于是咏絮唱歌，璧人吹箫。唱了好一歇，萤火几点，飞到舫里去，园中寂静得很。柔娟有些倦意，伸个懒腰，说道：

"柔慧和慕蕴怎的没有来啊？我想睡了，进去吧！"

璧人道：

"好！"

四人遂立起身来，送咏梅、咏絮到了清芬馆。璧人自回小琅环斋去。柔娟走到绛云楼上，见柔慧、慕蕴穿着小马甲，赤着双足趺在窗前藤椅上，面对面地坐了谈话。桌上放一盘雪藕，还有一盘西瓜子。柔娟看盘中只有一片藕了，遂过去拿来便嚼，说道：

"你们倒在此很舒服地乘凉，却不来招呼我一声。"

柔慧道：

"你们要到园中去的，我不能勉强你们啊！"

又问道：

"邓老四给你的信说什么，可能告诉一二？"

柔娟笑道：

"没有说什么。"

慕蕴道：

"岂有无事写空信？大约此中人语，不足为外人道也。对不对？"

柔娟笑道：

"对对对。"

柔慧笑道：

"妹妹的面皮越发老了。"

柔娟道：

"任你们说吧！我将来都要回复的。我实在倦极了，才回楼的，有话明天讲，我们去安睡吧！今天天气又不十分热，正好酣睡，莫辜负了良宵。"

慕蕴道：

"这句话要留在将来和密司脱邓说的。"

柔娟掩耳走进房去，说道：

“我不要听。”

两人都笑了，遂命春兰收拾干净，各自上床安寝。隔了一个星期，《白蔷薇》杂志已印刷完毕，装订齐全，送将前来。柔慧遂托上海某某书局代售，留出几百本赠送亲戚朋友，黄叶翁那边也寄了两本前去。凑巧清涓进城来探望众姊妹，大家捧着快读，都赞美璧人做的一篇《白蔷薇》小说，璧人很是得意。柔慧忽问慕蕴道：

“这几天怎的不见子美兄前来？”

慕蕴答道：

“我也有好多日没有回家了，不知道为什么缘故。前天听得他有些不适意，不知是否在那里生病，明天我要回去看看。”

璧人道：

“近日外面秋瘟很盛，我们都要特别卫生，停会儿我要去望望子美兄，回来报告你们知道可好？”

大家都道：

“好的。”

等到下午，璧人遂挟着两本《白蔷薇》到徐子美家中去，傍晚回来告诉众人道：

“子美兄不知生的什么病，寒热似有非有，饮食锐减，精神委顿，睡在床上，又好似失眠。我把《白蔷薇》给他，他看了，对我说道：‘这是我们的光荣，但你这篇《蔷薇》言情小说做得细腻极了，你真是一个多情者。使我看了，有不少感动呢！’”

柔慧听璧人的话，想起那天子美把《白蔷薇》给伊看议论爱情那回事，遂道：

"璧人弟，亏你真做得出这种情致缠绵的小说来。"

璧人笑道：

"情之所钟，正在吾辈，我也不必深讳，不过借此发挥罢了。"

又道：

"子美兄的病恐怕一时不会便好，因为医生也说他的病很厌气的。"

慕蕴道：

"我明天必要回家去看他呢！"

这天，柔慧、柔娟因为清涓到临，特地摇制冰淇淋在红梅轩开饮冰大会，欢聚到五点钟时，要留清涓住下，哪知清涓正有心事，一定要归去。璧人便命下人伴送，至于清涓究竟为着何事，且待以后再表。

明天，慕蕴回家去，没有回来，后来，早上来了，大家问伊哥哥的病如何，慕蕴道：

"还没有好，大致无妨的。"

午前柔慧正在楼上作画，慕蕴走上楼来，四顾无人，便悄然对柔慧说道：

"我有一件事要和姊姊商量。"

柔慧问道：

"什么事？"

慕蕴道：

"我的哥哥要请姊姊去一遭，不知姊姊可肯光临茅舍？"

柔慧不由一愣，瞧着慕蕴不语。慕蕴把伊拖到内房，坐在床上，低低说道：

"直说了，姊姊幸勿见责。我哥哥一缕痴情竟为姊姊而病了，他往常有了心事，终日隐藏胸中，一个人转念头。此番生病，医生把他的脉，说他七情六欲蕴积于胸，药石之力一时不能奏效。我在昨夜向他苦苦逼问，他才说爱慕姊姊不能如愿，无从达出他的爱情，因此抑郁不欢，悒悒成疾。现在他心中最好要姊姊去和他谈谈，姊姊你要笑他痴吗？我斗胆代我哥哥向姊姊要求，姊姊要怪我多嘴吗？"

柔慧听了慕蕴的话，不觉微微叹一口气，沉思了良久，遂答道：

"不想子美兄垂爱于我，叫我怎样回答？但我志早决，便和姊姊去走一遭，看看令兄的病也好。"

慕蕴见柔娟答应，很觉快慰。午后，柔娟等都到碧桃轩去上课，柔慧只说要和慕蕴去看一个朋友，所以不来读了。柔慧临镜装束，穿了一件蜜色华尔纱的短衫，系上黑纱裙，着了一双白皮鞋。慕蕴仍穿着格子纱的单旗袍，两人走下楼来，禀知文氏，出得大门，走到徐子美家里来。欲知以后如何情形，请看下回。

评：

咏絮的见识虽求之须眉中，也是难得。

一封信偏有许多曲折，小儿女的举动真是天真烂漫。

清涓有何心事？恐怕慧眼的读者已经略知一二了。倘然没有料到，且请猜一猜。

第十二回

慕烈女蓄心不嫁
游荷荡有意求欢

徐子美自到吴家补习国学以后，时常和绛云楼诸姊妹混在一起飞觞醉月，击钵催诗，或是清歌一曲，或是围棋一枰，觉得很有趣味。柔慧、柔娟等都是碧玉年华，绿珠容貌，柔情如水，软语如饴。子美正在少年，未免有情，谁能遣此？况柔娟和豪士订婚，多情人成了眷属，心中怎不艳羡他？觉得咏梅、咏絮和璧人很为接近，唯有柔慧可以说得绝代才华、绝世风姿，使他心中不期而然地存了个敬爱的心。后来，又为了《白蔷薇》杂志的辑务，两人时常在一块儿谈话，子美的心更加热起来，曾因《白蔷薇》一篇小说和柔慧谈起情来，不料落花有意，流水无情。柔慧反说青年人用情当出之谨慎，似乎有些不甚赞成言情的意，子美便成了单恋，窈窕淑女，求之不得，一缕柔情不能转达到他意中人心里，朝思夜想，渐渐形容消瘦，精神萎靡起来。又当新秋，不觉病倒在床，他父母以为他受了暑热，遂延医诊治，吃了几帖药，毫无效验，病状也天天如此，吃也吃不下，万事都没有精神。家中人都不知道他生的什么病，慕蕴有些知道伊哥哥的心事，回家后，见了子美这种情状，猜定他稳是为了柔慧而病，遂向子美探试。子美不得已，把心中的事和盘托出，要请他的妹妹代他想法。慕蕴道：

"柔慧的性情甚是古怪，看伊很像有情的人，却不喜和人家言情，哥哥偏爱上了伊。现在我姑且冒险去试试，明日请伊前来看病，好和哥哥讲话，若伊拒绝不来，此事万无希望，哥哥还是断绝这种思想的好，倘然伊肯来的，那么或者有一线希望。哥哥可以当面倾吐衷情，看伊如何还答？"

子美很感激，慕蕴代伊划策，请伊立刻便去，如若不来，明天早晨请慕蕴给一个回信，免得盼念。慕蕴如言而去。明天朝上，子美还不知柔慧能不能来，直等桌上小金钟铛铛铛地敲过了十一下，才觉安心，知有些希望了。下午，子美卧在床上看书，忽见小婢阿金笑嘻嘻地跑进来说道：

"少爷，吴家的大小姐来望少爷的病了，现在太太房中谈话。"

子美点点头道：

"晓得了。"

心里说不出的快活，平添不少精神。稍停，听得革履声，见慕蕴引着柔慧走来，便道：

"柔慧姊，今天承蒙惠顾敝舍，真是荣幸之至，随意请坐。"

柔慧答道：

"听说子美兄病有多日，不胜思念，所以特来探问，不知可觉得好些？"

子美道：

"多谢盛意，今天稍觉好些了。"

柔慧便在床前一张摇椅上坐下，慕蕴坐在窗边一张沙发上。柔慧见子美两颊清癯，风姿憔悴，心中很觉得有些歉然，便道：

"我们自从子美兄病后，少了一个读书的伴侣，听不到梵婀玲的妙奏，大家都盼望贵恙早日痊愈。但听蕴姊说，子美兄的病很是厌气，真使人不快了，望静心调养，自能霍然而愈。"

子美唇吻微动，似欲有言，但碍着慕蕴在旁，正嗫嚅着。慕蕴何等乖觉，便对柔慧说道：

"姊请稍坐，我有几句话要和家母一讲，失陪了。"

匆匆走出室去。室中只剩下柔慧和子美二人，柔慧心里不由跳动起来，强自镇定。子美瞧着柔慧说道：

"柔慧姊，一个人为什么终逃不了一个情字？我如今为情丝所缚，不克自主，好似失乳的乳儿，务要找到他的母亲一般，心里荡漾，没有安慰，不知柔慧姊何以教我？"

柔慧听了，知道他的意旨，便道：

"人能跳出情海，终生少烦恼，万一情之所钟，不能自已。然而用情的起初也该辨别利害，为人着想，不要走到摆布不脱的地步。子美兄若能力挥慧剑，斩断情丝，便觉心地澄澈，二竖远离，将来前途事业未可限量，何必恋恋于儿女之情？我是木强的人，对于情字很淡漠的，所以这样说不知对不对。"

子美心知柔慧无意，不便再说下去，瞧着柔慧纤细的眉黛，明艳的眼波，浅绛的玉靥，小圆的樱唇，这样一个艳如桃李的美人，却冷若冰霜，淡漠无情，怎不令人怨望呢？柔慧虽然力自遏抑，心里却觉得十分歉然，似乎自己太冷酷了，子美遂和伊闲谈些别种事情。一会儿，慕蕴进来了，见子美面上并无喜容，暗忖：这事不能成功了。又看柔慧很夷然自若，也觉柔慧过于矫情，我哥哥的学问虽不及豪士，然也非寻常可比，风姿美好，真是一个翩翩少年，难道还够不上你的眼光吗？柔娟见慕蕴低头沉思，便道：

"蕴姊，我要回去了。"

慕蕴道：

"难得来的，请吃些点心去，我已吩咐下人去买了。姊姊可到我房中坐坐。"

柔慧遂立起身来，对子美道：

"子美兄，善自珍重，望你早日病好，可和我们相聚。"

说罢，和慕蕴走出室去。子美见柔慧去后，捶床长叹，心中愈觉说不出的愁闷。柔慧在慕蕴室中坐了一刻，用了晚点，看看时候不早，便告辞了。慕蕴的母亲仍和慕蕴回家。这时，柔娟等已休课了，柔慧回到家里，心中也因受了刺激，不得安静，觉得子美如此爱伊，伊却这样报他，终觉残酷，然而自有伊的苦衷，子美岂能谅解？遂乘无人时私下写了一封信寄给子美，表明伊的衷曲。

这天，子美正强自支持，坐在室中，忽接到柔慧的来信，急忙拆开读道：

子美兄鉴：

前日造府一谈，弦外之音弥复可念，多才如兄，多情如兄，自不免梦劳关雎，心殷求凤。圣人云：食色，

130

性也，亦无容乎深讳。但情场即是恨场，多情者易多愁，情丝所笼，作茧自缚，情深一尺，魔高一丈，三十六鸳鸯，一双蝴蝶，都是可怜虫而已。故多情自古空余恨，好梦从来最易醒。胭脂幻影，开来优昙之花，歌舞空欢，徒结相思之树，何如斩截情魔不着一丝之为愈也。慧尝读哀情小说，如《红礁画桨录》《迦茵小传》《孤鸿影》《昙花劫》《情网》《碎琴楼》等，回肠荡气，不能自已，因之早自悟彻，不愿堕身情网，而愿效北宫婴儿子终身不嫁，承欢我母膝下，非矫情也。人各有志而已，日前蕴姊曾言兄之病为慧而起，不胜骇愕，木强如慧，丑陋如慧，乃蒙兄之垂爱耶？感激之私，何可言表？然恐蒲柳之姿与世不合，终不能侍奉君子巾栉耳！兄翩翩少年，前途幸福，无量此时，正宜努力学术，专心修养，若一粘情丝，万事俱懒，颠倒情场，不易摆脱，于兄有不利也。

嗟乎！如慧者何足辱爱哉？

秋气多厉，病体千祈珍重，力祛情思，扫除闲愁，俾早占勿药之喜，则未来之安琪儿大有人在，幸勿以此为憾事也。叨在相知，直言奉告，兄亦以慧为无情否？适正倚身绛云楼北窗，睹天空闲云片片，飞度转瞬，即幻慧之视情亦犹此耳！

书不尽意，幸谅察焉！

慧白

子美一口气把信读完，恍然如有所悟，知道柔慧立志坚决，不可挽回，何苦自寻烦恼，走入单恋的迷途去呢？想罢，心地清朗，除去情魔反觉有些精神，夜间也睡得着了，一天一天地好起来。

　　直到八月初，他觉得完全好了，打叠起精神，要到吴家去看看众人。天气很是凉爽，换了件白罗长衫，拿根白银包头的司的克，摇摇摆摆地走到吴家来，进门一问，才知柔慧、璧人和慕蕴等诸姊妹都到石湖去了。子美十分懊丧，到里面见了文氏，文氏告诉他道：

　　"今天清涓小姐订婚，所以摇船来接他们前去喝酒，大约今天不回来了。"

　　子美道：

　　"慕蕴怎么不来告诉我呢？连一杯喜酒都不要人家喝吗？"

　　文氏笑道：

　　"他们恐怕贵恙新愈，正宜休养，所以不来惊动你了。"

　　子美只得嗒然归去，回到家中，却见书案上放着一封快信，拿起一看，上写"杭州长庆街西泠美术社管缄"，知道是老友管翼德寄来的，遂拆开展读，才知管翼德的兄弟明德特于本月初十日结婚，要请子美去吃喜酒，并在杭州小住，盘桓几天，乘便去海宁观潮。子美久不外出，近又不得志于柔慧，所以游兴跃跃欲动，想到西子湖头去一吸新鲜空气，遂将意思去告知他的父母，当然通过。子美遂预备好几样礼物，带了一只手提皮篋，明天早上，便坐火车去了，我且按下慢表。先将清涓订婚的经过略叙一遍。

原来，那天清涓所以必要回去，是因伊约好明天早晨和谢吟秋去游荷花荡，岂肯爽约？前几天吟秋到清涓家里来探望，清涓谈起近来荷花荡的荷花盛开，问吟秋可去一游。吟秋很高兴地答应，遂约好七月十九日的早晨泛舟出游。吟秋因为路远隔夜，先住在清涓家中。清涓从吴家回到家里，打发吴家下人回去。天色已晚了，问王阿大可曾将船订下，王阿大道：

"订好了，是张和尚家的小快船，答应明天六点钟停在门前便可下船。"

不多时，听得门上剥啄响，清涓出去开门，见是吟秋来了，吟秋穿了一身新制的西装，买了许多食物前来。清涓接过，放在室中，吟秋向清涓的母亲请过安后，便到马璆的书室里坐下谈话。清涓特为他烧了两样可口的菜肴，请吟秋吃饭，吟秋把买来的熏酱鸭送给清涓的母亲吃，清涓炖了二斤白玫瑰，三个人喝酒闲谈。清涓把吴家诸姊妹的事情告诉吟秋，又把《白蔷薇》杂志给吟秋看，吟秋很赞美柔慧的画、咏絮的字，以为求之今日妇女界中已如凤毛麟角，不可多得，又赞清涓作的《石湖诗稿》意境清奇，有龚定庵气息。清涓听吟秋恭维自己，不觉笑道：

"我是不通的，蒙你如此厚奖，令我更觉愧恶了。"

吟秋道：

"非也，确乎家学，渊源不同凡响，我哪里作得出这些轻灵诗句？"

清涓的母亲把牙箸夹了一只鸡腿，送到吟秋面前，说道：

"谢少爷，请用鸡吧！不要谈什么诗了。我常听他们父女俩平平仄仄平地商量诗句，往往这个字不好，那个字不安地，要弄

133

一个黄昏。我是不会作诗的，是个粗人，听了他们吟咏，却使我麻烦得很，他们还要说什么推敲呢！今天我们不要讲了，讲些有趣味的事情给我听听。"

吟秋笑道：

"是是。"

遂把城里最近的新闻讲些，喝罢酒，吃过晚饭，月影上窗，夜色清幽，又和清涓谈些时事，清涓不觉有些疲倦，遂引吟秋到客房里住下。一宿无话。

等到晨光熹微时，清涓早已起身，洗好面，梳好头，来看吟秋。吟秋也起来盥漱毕，吃了两碗百合汤，便命王阿大开门，两人来到门前下船。清涓的母亲因怕热，所以情愿守门不去。清涓坐到船中，见红日一轮，方从远山边上升，四面炊烟缕缕而起，清涓便命开船。那荷花荡是在葑门黄天荡边，荡中都种荷花，六七月里，荷花开时，清香四溢，远近游人都泛舟来此赏荷，然赏荷宜于早晨，或在傍晚，庶可领略色香。有些富商贵客每每雇着汽油船疾驶而来，名为看荷花，实为载得名花微歌侑酒，醉翁之意别有怀抱，况且火伞当空，水面热气上蒸，此时赏荷有何兴味呢？

清涓所住的地方离荷荡不远，不到一个钟头便到了。小船穿过百吉桥，但见三面都是荷花，翠盖田田，红葩素萼，扬艳凝鲜，如临濯绵之江诵《洛神赋》"灼若芙蕖出渌波"句，恍若有凌波仙子姗姗来迟，清香揾人，尘襟尽涤，遂泊舟在树荫的下面。有乡童持着荷花莲蓬来叫卖，吟秋买了五六朵花，清涓买了十多枝莲蓬，吩咐舟子煮莲子汤，其余的带回家去，也好让母亲

134

尝尝。两人对坐在船头闲谈，不多时，船娘捧上两小碗莲子汤来，吟秋喝着，觉得口齿生香，别有风味。看看清涓梳着爱丝髻，穿一件白纱短衫，冰肌玉肤，隐约可睹下系黑色纱裙，白色的革履，白色的丝袜，立在船头赏荷。秋水似的眼波，雪藕般的皓腕，风吹衣袂，绰约如仙，遂向伊微笑说道：

"我有一句话要和女士一说，不知要嫌我唐突吗？"

清涓回过身来坐下道：

"请讲不妨。"

欲知吟秋说出什么话来，请看下回。

评：

　　子美有此锦心绣口的妹妹，真是几生修到。

　　柔慧真是太上忘情吗？恐怕未必，但是子美又受了伊一顿教训，其何以堪？柔慧从小说上悟到忘情小说的，感人如此厉害，不知这部《美人碧血记》又感动了几多情人的觉悟。

　　子美能够悬崖勒马，自是不凡。

　　夏天看美人，又是在荷荡间，怎不销魂？

135

第十三回

谢吟秋快缔良缘
徐子美欣联名媛

女儿们的心思比较细一些，男女往返之间，彼此有了爱情，女的方面大都不肯把心事暴露出来，自矜身份，深深埋藏在心坎中。清涓兰心蕙质，何等乖觉？伊见吟秋这样，吞吞吐吐，哪有猜不出的道理？却很从容地答道：

"请说不妨。"

吟秋鼓着勇气说道：

"我自和女士出猎相遇之后，常觉心中爱慕的情与日俱加，几月以来，脑中只有女士的倩影，觉得不论何时，非得女士不欢。我的家庭很是简单，女士早已知道了，我母屡次要代我和人家女儿订婚，但我不赞成那些买卖式的婚姻，誓要从自己眼光里找到一个相当的配偶，将来可以组织新家庭，享美满的幸福，然而一班时髦女子悬着女学士的空虚头衔，贪慕虚荣，不安于室，匪我思存。唯有女士的学问、道德一向为我心折，承蒙女士不弃，许我做一个爱友，常得追随左右，更使我爱慕心切。现在不揣冒昧，做进一步的要求，不知女士可能接受我的爱情吗?"

吟秋说罢，反觉有些不好意思，面上红将起来，诚恐清涓不允时自己反没有下场势，以后见面何以为情? 凝视着清涓的面孔，静待伊还答。清涓也觉有些羞涩，粉颊上泛起两朵红云，幸伊早已预防有此一招，想好答语，遂道：

"我是乡村僻陋的女儿，无才无德，承蒙谢君这样相爱，感激得很。但有三个条件，你如能一一允许，我也情愿答应你了。"

吟秋问道：

"这三个条件内容如何? 请你一说，我都可以允许的。"

清涓道：

"我的性情喜欢淡泊明志，不慕富贵荣华，将来不愿意你去干政界的生活，还是努力教育事业，培植国家人才，这是第一个条件。"

吟秋道：

"可以可以，伺候权贵之门，奔走势利之途，我本做不来的，鹿门偕隐，早有此志了。第二个条件呢?"

清涓道：

"男女婚姻虽重自由，然使没有父母之命、媒妁之言，未免私相昵就，不算郑重。圣人云：必也正名乎。所以，你要回去向伯母通过，然后请媒来说合，正式订婚。"

吟秋道：

"当然要如此办法，我已在我母亲面前提起你怎样才貌双全，怎样品性温柔，老人家也很欢喜，早要请人来做撮合山了，也可以允许的。只有第三个条件了，请你快快说吧!"

清涓道：

"我父母单生我一个女儿，并无兄弟姊妹，一旦出嫁，他们岂不要感受孤寂？所以，我要求将来两家同居，不要分离。闻得伯母性情温和，我母也待人接物谦恭有礼，将来我们承欢膝下，绝不致有什么不欢的事发生的，不知你可赞成？"

吟秋笑道：

"赞成赞成！这种条件休说三个，便是一百个我都允许的，我就遵命是了。"

说罢，伸手过来，握住清涓的柔荑，在伊的手背上轻轻吻了一下，两人心里都觉得像通了电流一样，说不出的温馨恬适。此时，骄阳照临，清风不至，炎熇逼人，蝉声絮聒。清涓遂对吟秋说道：

"我们回去吧！"

舟子听得回去，遂掉转船头，摇回村岸，摇得两个舟子汗流满面。吟秋给了他们三块大洋，和清涓上岸回到家中。清涓把莲蓬交给伊的母亲，又取出一个羊脂白玉瓶来，盛了清水，把几朵荷花插在里头，放在正中桌上。这天，吟秋便在清涓家里盘桓到晚，很快活地回去，要求他的母亲请媒前来说合。他母亲见吟秋平日不发急要娶妻子，现在对于马家女却这样热心，又知马家女世代书香，才貌俱佳，所以也十分合意。吟秋又把清涓提出的三个条件告知母亲，他母亲本嫌家中寂寞，将来同居也好，遂请出吟秋的舅父葛维勤到马家去说亲，清涓的母亲已和马璆商量过了，因为吟秋人品学问和清涓匹配，真是珠联璧合，天生佳偶，遂一口答应。唯有清涓的母亲要求将来清涓生了儿子，第一个当然是谢家的，第二个要归给马家，将来姓马，承桃马姓宗祀，其余一切都不生问题，繁文缛节都来简便。

葛维勤回去告知吟秋的母亲，当然赞同，便择于八月初五日订婚送盘，清涓因为柔慧和豪士订婚，吴家请伊去吃喜酒，所以伊也特地预备下一桌丰盛的酒宴。隔夜开船上来，接绛云楼诸姊妹和子美、璧人等同去，柔慧等接得这个喜信，很是欢喜，大家都要去吃喜酒，乘便拜见师母。马璆是先一天回去了，子美因久病新愈，大家不敢惊动他这里，柔慧、柔娟、璧人、咏梅、咏絮、慕蕴、汪琬一共七个人在清晨坐车到胥门外下舟而去。将近十点钟时，已到石湖泊舟登岸，舟子飞步前去通报，清涓早出来迎接，马璆夫妇也含笑出迎。众人走到里面，遂拜见清涓的母亲，且向清涓道贺。清涓殷勤招待，请众人在书房中坐谈，柔慧、柔娟要求一看新郎玉照，清涓遂把吟秋的照片取出，递给众人观看，见吟秋穿着一身西装，丰神俊拔，和豪士一样，都是美少年。柔慧道：

"恭喜清涓姊姊配得俊郎君，将来闺房画眉，幸福不浅。"

清涓不觉赧然微笑。午时，设席在芭蕉树下，绿荫如盖，日光不到，璧人连声称赞，好一个幽静地方，于是清涓父女三人，以及柔慧等众姊姊团团坐下，大家都要向清涓敬酒。清涓道：

"诸位请原谅，我没有柔娟姊的洪量，实在不能多饮。"

大家碍着马璆在座，不便胡闹，让清涓勉强饮了三杯，大家都举杯相贺。席间，马璆取出一种酒令来，如面红者饮，戴眼镜者饮，年长者饮，等等。行了一遍，璧人喝得酒最多，马璆恐怕他醉了，便命下人不要再烫酒了，盛饭前来。席散后，清涓又陪众人到山上去游玩一番，回转时，清涓的母亲早把蜜糕切好，请众人吃蜜糕。柔慧道：

"吃了两次蜜糕，以后不知要吃谁的了。"

清涓道：

"自然要吃姊姊的了。"

柔慧摇着手道：

"要想吃我的蜜糕吗？恐怕等到老也没有吃的了。"

柔娟道：

"我的姊姊性情古怪，伊早已和母亲说过终身不嫁的了。"

慕蕴道：

"柔慧姊是个独身主义的信徒，大概伊看天下的男子都是浊物，所以不愿委身，何等清高啊！"

柔慧知道慕蕴话中有刺，正要开口，清涓却接着说道：

"一个女子嫁后，自有许多烦恼、许多义务，不嫁反能悠然自得，终身自由，想穿了还是独身的好。"

咏梅、咏絮却笑笑不说什么。其时，天色将晚，柔慧道：

"我们该回去了，今天多谢清涓姊的美意接我到此，多多叨扰，感谢得很，且等将来吃喜酒时再来吧！"

清涓笑道：

"山肴野蕨，简慢得很，回府去包荒些方是。"

大家齐到马璆夫妇面前去辞，马璆等送出门来，他们仍坐原船回去。等到船到码头，早有家中的包车在那里伺候，柔娟给了两块赏钱，船上人欢天喜地、千恩万谢地去了。柔娟等又添雇了六辆人力车，回到家中，已是黄昏，文氏已在那里盼望。柔慧一一告诉伊的母亲，文氏道：

"子美兄来得怪，你们为什么不去邀他？"

慕蕴道：

"我们因他病后，所以懒得去约他，不想他已完全好了。"

柔慧对慕蕴说道：

"明天蕴姊可去请令兄来此一游，我们也好报告与他知道，至于上课，不妨再缓几日。"

慕蕴道：

"好的。"

到了明天，璧人因为校中开课，所以带了行李书籍到校去了。柔娟已在维多女校毕业，闻得豪士将于年内成婚，少不得要预备嫁事。慕蕴遂回家去看子美，才知子美已在今天朝上动身到杭州去吃喜酒了。

却说子美到了杭州，管翼德请他住在自己家里，招待得很为周到，姚潜夫也从湖州赶来陪着子美到湖上去遨游了。两天已是喜期，管翼德请徐子美做傧相，举行婚礼时，子美随着新人立在堂上，见两个女傧相捧着鲜花护着新妇立在对面，一个女傧相穿着一身血牙色软缎的衣裙，四周钉着玻璃边，足踏白色革履，头上覆着绝齐的前刘海，梳着一个爱丝髻，水汪汪的一双媚眼，红嘟嘟的两个梨窝儿，姿态艳丽，绰约如仙，好似曾在不知哪里见过的，不由看得呆了。那女子见子美看伊，便含笑向子美点点头，子美糊里糊涂地也向伊点头招呼。良久，方才记得，便是在天池山上遇见的赵秀君女士，是管翼德夫人的表妹。婚礼完毕，傧相导引新郎夫妇入房，秀君立在床侧，子美正在伊的对面，带笑说道：

"今天辛苦了。"

秀君答道：

"没有什么，彼此吃喜酒罢了。徐先生几时来的？"

子美道：

"我已来了四五天。"

秀君道：

"我是昨天从上海哥哥处来的，所以直到今天见面。"

两人说了几句话，看新人的挤满了一房，子美遂退出房去。晚上，许多朋友来闹新房，子美故意要逼新妇发笑，说出许多滑稽的话来。秀君在后旁观，只是掩着口笑。凑巧翼德进来说道：

"老弟，你也不用闹了，我们还是去大杯小杯地喝个畅快。"

子美道：

"我是男傧相，要十盒果子。"

翼德道：

"有有，我承认便是。"

秀君忍不住开口道：

"我是女傧相，也要十盒。"

大家笑起来，翼德道：

"当然当然。"

拥着子美等一辈闹房的出去了。这夜，子美喝得酩酊大醉，被姚潜夫扶到室中去睡。明天醒来，想起昨日的事，不觉脑膜上多了一个倩影，心中荡漾，不知所可。稍停，到里面去看翼德，却见秀君和翼德夫人同坐在一起。翼德笑道：

"子美兄昨夜喝醉了？"

子美道：

"多被你灌醉的。"

翼德又道：

"否则你要闹新房了！"

此时，秀君却问道：

"徐先生昨天所要的十盒果子拿到手吗？"

子美摇摇头道：

"没有。"

秀君道：

"我已取到了，你可向姊夫要，不要便宜他们。"

翼德道：

"好了，秀君，你自己敲竹杠，敲着还人提醒别人作甚？"

子美道：

"那是我第一个开口的，不能赖去。"

翼德道：

"谁要赖你的？预备在此。"

遂回到里面去，捧出十盒果子来。这时，有一个十一二岁的童子，穿着蓝色夹长衫，黑色毛葛的马褂，跳跳纵纵而至，一见许多果子，便对秀君说道：

"姊姊，我要吃果子。"

秀君道：

"你昨天拿了，这是别人家的，不要着想。"

子美遂把十盒果子一盒一盒地送给童子道：

"我送给你吃吧！"

童子看着秀君的面，不敢便接。秀君道：

"徐先生，你自己不要吃吗？他是拿去便完的。"

子美道：

"这些本是小儿所得的，我又没有用处，还是给他拿去吧！"

秀君遂对童子说道：

"拿了吧！谢谢这位徐先生。"

子美又问道：

"这是女士的令弟吗？"

秀君道：

"正是，这是四弟惠民。"

惠民拿了果子又道：

"姊姊说要伴我到新市场去游玩，为什么还不去呢？"

秀君道：

"我今天十分疲倦，明天同你出去吧！"

惠民面上现出懊丧的样子来。子美走过去，摸着惠民的头道：

"小朋友，今天饭后我伴你出游好不好？"

惠民点点头，秀君笑道：

"他是随便什么人不怕陌生的。"

翼德夫人道：

"我就欢喜这种小孩子，有些见了人便退缩得毫不活泼，将来成人时也是个拘谨的无用之人。"

子美道：

"不错。"

秀君道：

"我们看新娘吧！"

众人便走到新房里，又去坐着谈笑一会儿。已到午时，大众出来吃饭后，子美一人坐在书房里看报，听得脚声响，见惠民跑将出来道：

"徐先生，我们出去吧！"

子美道：

"好的。"

遂立起身来，带着惠民出去到新市场一带游览，买了不少玩物，惠民非常高兴。子美便向惠民道：

"你有几个姊姊？"

惠民道：

"我只有一个二姊，还有大哥、五妹在家里，大哥昨天曾来吃喜酒的，今天回上海，因他在上海做事，嫂嫂也在上海，三哥早死了，唯有二姊和我最好，我常要跟着伊走。"

子美点点头，又道：

"你的父母呢？"

惠民道：

"父亲在天津做官，好久没见，听姊姊说不久要请假回里扫墓了。母亲早已死去，只有后母同五妹住在天津，我和二姊一向住在此地，有时到上海大哥家里去住住，此次吃喜酒正从上海回来。徐先生，你住在苏州吗？"

子美道：

"是的，你怎么知道？"

惠民道：

"我听得出口音的。"

子美拍拍他的小肩道：

"好聪明。"

惠民又道：

"听说苏州有个虎邱山，山上有十八景，还有个元妙观，我都没有游过，究竟好不好？"

子美道：

"很好，很好。这是苏州的名胜，虎邱山并不高的，上有剑池、千人石、仙人洞、真娘墓等古迹。元妙观是在城里，三教九流聚在其中，很是热闹，将来你可和你二姊一同来苏，我当招待你们去游览。"

惠民大喜道：

"我要和姊姊说了，一定前来。"

子美道：

"好的。"

两人且说且走，回到管家，秀君正从里面走出来，见子美买了不少物件给惠民拿着，遂带笑说道：

"多谢徐先生费钱，又去买东西给他，何以图报？"

子美道：

"些些小物，何足挂齿？不必客气。"

秀君又向他道谢，和惠民走到里面去了。一连几天，子美和秀君渐渐更加相熟，惠民时时要到子美处来。一天，子美又同惠民出去，买了两打丝手帕和两瓶香水，托惠民转送给秀君，秀君受了。隔一日，秀君也买了两匣饼干、一打西装用的领结，命惠民回送给子美，子美也受了。一天夜里，翼德对子美说道：

"后天十八日是观潮的时期了，你是难得到此的，我们可到

146

海宁去观潮。"

子美道：

"钱塘可好？"

翼德道：

"不及海宁雄伟，我们准到海宁，我们夫妇两人还有明德新夫妇、秀君姊弟，和你一共七人。可惜姚潜夫早已回去了，少了一个俊侣。"

子美道：

"很好，我是人地生疏，这个东道要由你做了，将来贤伉俪到苏州时我总竭诚款待。"

翼德笑道：

"我们都是知交，何必言此？我们明天早些吃饭，先坐汽车到斜桥，然后再下船前去。斜桥有个朋友，我已托他订好一只船了，一到明天，恐怕无船可订的。因在近年，看潮的人一年一年多了，大都是从上海坐专车而来，他们都有人领导，我们要自己拣地方去的。"

子美很快活地答应下。欲知观潮情形如何，请看下回。

评：

　　约法三章都是入情入理之言，不过两家同居倒是很新颖的。

　　在吃喜酒的时候，偏又惹起了五百年风流孽债，但在天池山邂逅已是此回伏笔。

　　子美和秀君的情丝从惠民联结，章法大变。

147

第十四回

海上观潮乐也寻梦
车站送别黯然销魂

十八日的那一天，晨曦上窗时，子美已披衣下床，临镜梳洗，将头发刷得光光的，戴上一副罗克眼镜，将西装上的硬领取下，换了一个新的，又换上秀君送的领结。那领结是紫罗蓝色而有黑纹的，很是美丽的。左腕上系着一只爱耳近的手表，果然是翩翩美少年，有卫玠、璧人之概。

早餐后，惠民已跳跃而来，说道：

"徐先生好了吗？我家姊姊正在妆饰呢！"

惠民又拖着子美到门前去看了一会儿，才回到里面。翼德兄弟走出来寻子美，大家坐着，讲起观潮的故事。翼德道：

"可以吃饭了。"

遂开出饭来，一同用饭。吃罢，翼德又到电话间去打电话，喊两辆汽车前来，不多时，汽车已到门前，翼德进去，催他的夫人等出来。这天，天气反有些热，子美见翼德夫人穿着巴黎绸的单旗袍，新娘穿着一身浅绿色缎子的衣裙，秀君仍穿着一身血牙色的衣裙，三个人立在一起，颜色灿烂得很，一齐走出大门，家中自有他人照顾。翼德、明德、子美、惠民同坐一车，翼德夫人等三人坐着一车，两辆汽车风驰电掣地疾驰而去，到了斜桥下车，吩咐汽车夫到时来接，遂同至翼德的朋友家中。那位朋友姓王，早已把船订好，含笑相迎。略坐了一刻，姓王的便伴着众人到渡口下船，此时，看潮的人男男女女都乘渡船而去。子美等坐船到海宁，乡人都来看看潮的人，子美和秀君不觉好笑。秀君急欲上岸，拽着裙子，三脚两步跨上岸去，不防足一下滑，全身向左倾跌，险些跌入河中，幸亏子美在旁，急忙一把抱住，扶着上岸，秀君惊魂初定。子美轻轻问伊道：

"可曾受惊吗？"

伊面上有些红霞，柔声答道：

"幸有徐先生将我扶起，不然要跌下河去了。"

众人上了岸，一齐步行穿过海宁城，来到围场，见人山人海，却在那里候潮，远望江波静寂，悠悠逝水，潮还没有到来。有些顽童时时在那里高呼道：

"潮来了，潮来了！"

翼德等遂出资购茶点坐憩，秀君问子美道：

"相传潮神为伍子胥，这事是真的吗？"

子美答道：

"古书称，伍子胥因苦谏吴王，吴王恨他赐以属镂之剑。伍子胥遂伏剑而死，临终时对他的儿子说道：'可抉我的眼睛，放在南门，要看越兵来伐吴。又把鸱夷的皮裹住我的尸身，投入江中，我当朝暮来潮看吴国的败亡。'从此以后，海门山潮头汹涌，高数百尺，越钱塘，过渔浦，然后渐渐低小，朝暮再来，声如奔雷。有人见伍子胥坐了素车白马在潮头之中，所以，乡人立庙祭祀。《吴越春秋》却说是子胥、文种的神，子胥死在吴而浮尸于江，吴人哀怜他，立一祠在江上，名胥山；文种忠心事越，也被越王赐死，越人十分悼惜，把他葬于重山，文种葬后一年，子胥从海上负着文种便去，所以，潮水前面扬波的是伍子胥，在后重水的是文种。"

子美正讲得起劲，忽听一声："潮来了！"观众登时寂静，子美、秀君等遂立起观看，见远远有一线白芒忽高忽低，不多时，有声轰然阗然，好似万人击鼓，震天动地，便见潮头像雪山般奔腾而来，喷薄日月，惊骇鲸虬，拍岸而上，高有数丈，三跃三伏，使人拍手叫绝。元朝周权有《浙江观潮》一诗道：

钱塘江上风飕飕，谁驱逆水回西流。

海门山色暗蛾绿，翕忽濆洞惊吴艘。

飞廉贾勇咄神变，倒掀沧溟跃天半。

阗阗霹雳驾群龙，高击琼崖卷冰岸。

初疑大鲸嘘浪来瀛洲，银山雪屋烂不收。

又疑当时捍筑射强弩，至今水战酣貔貅。

溪盈壑满留不住，怒无泄处潜回去。

乘除消长无停机，断送人间几朝暮。

吴侬何事观不休，落日沧波万古愁。

汀蘋沙雁年年秋，海云一抹天尽头。

150

不多时，潮水退了，看潮的人都纷纷归去。子美叹为观止，也跟着翼德等坐船回斜桥，汽车早已候在那里，遂坐着一同回家。大家讲起海宁的奇观，很有趣味，子美因为叨扰了翼德兄弟，明天便回，请他们去第一舞台看戏，秀君姊弟当然被请在内，正值第一舞台新请京津名角来杭奏艺一星期，所以杭人有周郎癖的争往聆歌，座为之满。这夜的戏目是金少山的《牧虎关》、何雅秋的《春香闹学》、盖叫天的《白水滩》、小翠花的《贵妃醉酒》、王又宸的《打棍出箱》、荀慧生的《玉堂春》、李吉瑞的《全本凤凰山救驾》，十分精彩。子美凑巧和秀君坐在并肩，惠民有时坐在秀君膝上，有时坐在子美身上。子美和秀君细谈剧中事情，这一夜看得很满意而归。

隔了几天，翼德忽然走来，对子美说道：

"下星期六我们西泠美术社的同志要开展览大会，下午也要预备些余兴欢迎来宾，我是秩序委员，四处拉拢人来凑热闹，很觉麻烦了。素闻你善拉梵婀玲，现在要请你和密司赵钢琴、梵婀玲合奏。"

子美道：

"秀君会弹钢琴吗？"

翼德道：

"是的，伊前在上海圣马女学读过几年书，曾学得钢琴，很高明的。"

子美道：

"我的梵婀玲是蹩脚的，秀君可答应吗？"

翼德道：

"伊已允诺，你也不必推辞了。"

子美道：

"老兄要我献丑，不得不勉奏一曲，但须先行练习，此地有没有这两种东西呢?"

翼德道：

"有有，明天可以取来。"

子美道：

"很好了。"

一到明天，翼德把钢琴、梵婀玲借来，请子美和秀君练习。两人一商量，合练一曲《别矣我友》，声调凄婉动人。开会的那一天，两人出来合奏，子美的梵婀玲技到神妙，拉得又圆又稳又清越又浏亮，加着秀君的钢琴手挥目送，抑扬尽致，博得来宾掌声不绝。翼德向他们致谢，说他们能为该会增光，两人同声谦让，可是两人因之感情更觉浓厚一些了。

时光迅速，已到重九佳节，恰逢翼德、明德两对夫妇到戚家去应酬了，惠民嚷着要出游，子美遂约秀君姊弟去游孤山。在早晨吃了点心，坐车到市场，雇了一只小艇，徐徐向孤山摇去，先游公园及西泠印社、四照阁等名胜。子美因为西泠印社的印泥出名的，便买了好些预备回去送给绛云楼诸姊妹，坐着小艇，泛舟入西泠桥，风景幽倩，引人入胜。想起古时赵孟坚曾于薄暮舣棹入西泠桥，指着林麓最幽的地方说：

"这真是董北苑得意之笔了。"

秀君和他对坐着，俯视湖水，悄然无言。惠民却指东指西地很忙，又到苏小墓上去看了一会儿，最后到放鹤亭、巢居阁远眺孤山全景，访林和靖、冯小青两墓，一个是名士，一个是美人，皆得名传千古。秀君在小青墓上凭吊，唏嘘流连，不忍便去。因对子美说道：

"美人黄土终古夕阳，使后人对之不胜感慨，可怜小青轻才绝艳，而见忌于妒妇，命薄如秋云，卒致抑郁忧愤而死。伊生前的处境何等苦痛，可知以前一个不自由而被压迫的女子欲求免却痛苦，只得出于一死。现今虽称妇女解放，还我自由，放荡者虽多，而被压迫逼于专制家庭中的妇女还是很多。"

秀君说到此间，似有不少愤慨。子美也觉得无话可说，遂离了小青墓，回船到杏花村去用午餐。饭后，又到岳王坟一带去，游兴尽而归。

这天，子美和秀君在船中喁喁细语，倾吐衷肠，才知秀君的家庭十分专制，后母又严酷，所以，秀君不愿同居在一起，情愿住在杭州亲戚处。子美对伊很觉爱慕，觉得柔慧虽美，而有道学气，有时冷若冰霜，使人莫近。而秀君却妩媚可爱，温柔可亲，两人相聚已有一月，竟情投意合，似磁石吸铁一般，你的心中有个我，我的心中有个你了。子美虽陆续接到家中寄来的信和衣服，还有他妹妹的信，璧人、柔慧等的来函，催他早返故乡，但他觉得此间乐不思蜀，只不想回苏州去，每日和秀君耳鬓厮磨，十分亲热，但翼德夫妇见了他们的情形，似乎却有些不赞成的样子。两人沉浸在爱情里头，也不觉得。

一天，子美正闲坐在室中看报，忽然下人呈上一封信来，见是慕蕴寄来的家信，拆开一看，才知道母亲病症，历久不愈，想念儿子，故命慕蕴写信来催子美返苏，书中有"秋风黄叶客中游，子亦动乡关之思否？日来小桃源中红枫如醉，深者如绀，渥者如丹，绛云楼姊妹时聚园中，弈棋吟诗，皆以兄久客不归，乐不思蜀为憾。遥知六桥三竺间履痕殆遍，故园花开，可以归矣"等句。子美读罢，想到母病，想到绛云楼诸人聚首的快乐，心中不能无动，但他在此间又依恋着秀君，不忍别离，踌躇良久，觉得不能不回去了。晚上和秀君相见时，翼德夫妇也在旁边，他不便多言，遂告诉他们道：

"今天接到家信，得悉家母有病，催我速归，我便要回去了。"

子美说时留心看，秀君听了这话，面色立变，蛾眉颦蹙，似含着深愁。翼德道：

"既是伯母有病，我也不敢强留，你预备几时动身呢？"

子美沉吟片刻，答道：

"我想后天坐早车走，明天要摒挡行李。"

翼德道：

"那么明天夜里我和你送行。"

翼德夫人道：

"惠民知道你走时，他一定要哭了。"

子美叹气道：

"人生散聚也，自有缘长缘短，不可勉强的。"

又看秀君坐在那边默然无语，眼眶中隐隐有泪痕，子美咬着嘴唇，回到室中去了。晚餐后，子美正在料理物件，却见惠民跑来说道：

"徐先生，有空吗？我姊姊要到你处来谈几句话。"

子美道：

"很好，请你的姊姊便来。"

惠民背转身跑去，稍停，秀君一人走来，子美请伊坐下，伊勉强笑着问道：

"后天你一定要回去吗？"

子美硬着头皮答应一声道：

"是。"

秀君不觉低倒头，像要哭的样子。子美胸中似有千言万语，却想不出一句稳妥的话来安慰伊，遂道：

"本拟久居，此次因为母病，不得不使我回去，但觉和女士相聚多日，高山流水，忽遇知音，一旦离别，能不依依？所望彼此常通书信以慰伊人之思。"

秀君叹道：

"恐怕不能吧！"

子美惊问道：

"此话怎讲？"

秀君道：

"我听得家父不久也要来杭了，他老人家性情严厉，若知道我和人家通信时，他一定要痛斥我不规矩、不贞洁，我也没有活命，所以信是不能通的。"

子美道：

"尊大人这样守旧吗？处于今日的潮流，还要束缚子女，未免太专制了。我想等尊大人回去以后，我们不妨秘密通函，他远在天津，未必知晓。"

秀君凄然道：

"可以是可以的，但是我的性子喜欢光明磊落，不幸而处身这种顽固的家庭，夫复何言？我想在圣马女学读书，弄得半途中止，也是家父听信人言勒令停读的。静中思想，我的前途终觉黑暗笼罩，不会得到光明。命薄如纸，更有何人来怜惜呢？"

说罢，将手帕去揩伊的眼泪。子美道：

"父母终有爱子之心，还请抱乐观主义，为前途奋斗，不要悲伤抑郁，自戕玉体。"

秀君道：

"我本来极力抑制悲戚，勉强寻欢，所以外人终看不出我的心事的。徐先生，你初来时候也不是认我是一个快乐而活泼的女子吗？"

子美点点头。秀君又道：

"但我近来自己觉得很为我的命运而忧愁，造物不仁，即使我生长在这种家庭里，索性蠢蠢无知倒也罢了，为什么偏偏给我有知识学问，岂不是故意要引我走进这个不欢的门吗？唉！我只望徐先生归去以后，口中常常想着天壤间有我这样一个畸零女子在着便感激不尽了。"

子美听了秀君的话，心里好比刀刺，义愤之气油然而生，说道：

"我终不忘女士，他日会当再来，请女士勉抑悲怀为幸，你的痛苦我都知道了。"

秀君道：

"徐先生此番回苏，愧我无物相送，前几天本购了一些绒线，代先生做一件绒线衣穿了御寒，也是表明我的心整个儿缠缚在先生身上了，可惜还没有完工。而先生仓促要去，将来又不便寄递，想尽一夜的工夫做好了，可让先生带去微物，不足挂齿，礼轻情重罢了。"

子美连忙道谢，并劝秀君不要定在今夜做完的。秀君主意已定，不肯答应，遂起立道：

"我在此不便和你多谈话，望君珍重，我们明天再见吧！"

翩然而去。子美一人坐在灯下思量思量，觉得回肠荡气，不能自已，像秀君这般身世可怜，又和绛云楼诸姊妹那般自由快乐大不相同了。一样的父母，却有严酷慈爱的分别，一样子女，却有光明黑暗的不同，真是使人慨叹。

明天早上，子美进去，见秀君眼眶灰黑，好似一夜未睡，很觉这般深情，何以报答？秀君却把做好的绒线衣包好了送给子美，子美说不出的感谢，把来放在行箧中。此时，惠民知道子美要去了，拉住他的衣襟道：

"我不放你去，徐先生，你同我们常住在这里好不好？"

秀君上前把惠民拖开道：

"惠弟，不要胡闹，徐先生此刻不走，要明天走呢！他家中有事，必须回去，你也拖不住的，不要胡闹，以后他还要来。"

子美道：

"是的，不久我要再来，请你放心。"

惠民松了手，立在半边，噘着嘴唇不响。翼德夫人走出来，见了惠民这般形状，不觉好笑，便说道：

"惠民，你不要气，出月我和你姊姊带了你一齐到苏州去看徐先生。"

秀君勉强说道:

"真的? 我也要去呢!"

惠民不知是骗他, 十分相信, 但秀君和子美两人心中各自有说不出的难过。下午, 子美出去买了许多东西, 晚上, 翼德端整一桌丰盛的酒宴饯送子美, 子美酒入愁肠, 看着对座的秀君, 觉得惨然不欢, 语多牢骚。翼德夫人道:

"我很是爱听徐先生梵婀玲, 临别之前, 最好再请徐先生奏一曲。"

子美道:

"可以, 可以, 只要有梵婀玲便好。"

翼德道:

"前次借了来, 没有还去。"

遂到里面取出来。惠民听说子美要拉梵婀玲, 很觉高兴。子美将梵婀玲接在手里, 立起来先拉一曲《上帝恕我》, 声调很慢而幽咽, 后来, 又奏前次和秀君合奏的《别矣我友》, 拉得更是凄楚激越。秀君在座上, 不觉暗暗挥泪。子美拉完梵婀玲, 放下, 重复归座, 斟满了酒, 喝了一大杯, 竟朗声背起 "黯然销魂者唯别而已矣!" 江文通的《别赋》来。翼德知道他已醉了, 便扶他归寝。

明晨, 子美醒来, 一看时候不早, 急忙起来, 盥漱毕, 有下人送上早点。翼德拿了许多食物前来送给子美, 子美道:

"叨扰了一个多月, 还要送礼物, 叫我如何对得起呢?"

翼德拍着子美的背道:

"老友，你我何必客气？我明年也要到苏州来的，你也这样待我便了。"

子美道：

"那么请你带了夫人同来。"

翼德道：

"好的，我已代你去喊汽车了。"

接着，便有一个下人进来，报道："汽车来了。"翼德便命下人将行李物件一一搬出去，里面翼德夫人和秀君、惠民都走出来了，一同陪子美坐着汽车驶到火车站去。到了火车站，子美抢着还车钱，翼德却去购了一张二等车票和三张月台票，帮着子美把行李送到行李房，买了行李票，轻便的自己带了送上火车去。

子美和三人敷衍了几句话，觉得别离在即，黯然销魂，和秀君四目对视着，都想不出一句安慰的话来。秀君迸出几句话道：

"徐先生，回去善自珍重，将来有暇请再来杭一游。"

子美道：

"要的，愿女士善自珍卫，常抱乐观。"

又从皮夹中取出一张五元纸币来，递给惠民手中说道：

"我一时匆促，没有买些好玩的东西给你，请你的姊姊代你买些吧！"

秀君便命惠民道谢。这时，火车将要开了，翼德催着他的夫人下车，秀君也只得硬着头皮带着惠民向子美点点头，走下车来。四个人一齐立在月台上等候车开。子美倚在车窗上，觉得一刹那间便要离开此地了，好不难过，又见站长拿着红绿旗走向前去，稍停一会儿，汽笛车便徐徐开动。翼德等各把手帕临空招展送他，秀君摇展得更多，子美也把白手帕在窗外展动，一霎时，车行渐远，早不看见四人的影踪。

回首杭垣，绿杨城郭也渐渐远了，心中凄凉万分。欲知后事如何，请看下回。

评：

作者一肚皮历史、地理都在此书中发挥。

写潮十分饱满，加以一诗，更见精神奕奕。

女子有了道学气，便坏了，但是有了书生气，觉得迂腐，自然是活泼天真的最好。秀君有了后母在家里，离家出门，正如小鸟出笼，怎么不自由快活？所以更见得妩媚了。

别离一段写得凄凉万分，真令人徒呼奈何。

第十五回

乐春酒居然大聚会
为拇战又起小风潮

　　车轮碾尘，飞也似的向前疾驶，一站一站地过去，早把别绪
填胸的徐子美送到上海，再换了沪宁车向苏州开来。

　　天色已晚，子美坐在车上，很觉闷气，凑巧坐在他对面的车
客是一对少年夫妇，一种你怜我爱的神气映在子美的眼帘里，看
得不耐烦，索性把双目闭了，静坐着养神。但听车轮轧轧的声
响，又想起此时秀君不知在那里做什么，想要吃晚饭了，此后不
知何时再能见面，这相思滋味，叫人怎能尝呢？

　　隔了良久，耳畔听得人说苏州到了，睁开眼来，见窗外黑暗
里电灯点点，雉堞隐隐，一钩凉月从淡薄的云中涌出，又见高耸
耸的一个黑影涌出在城垣里头，好似一个巨人立在城中向城外远
眺一般。知是北寺塔，暗想：古时诗人有"月是故乡明"句，我
看了家乡的吴王台畔月，不禁联想到，西子湖头月，对月思人，
更觉感慨无穷。子美正想念间，车已进站，人声嘈杂，子美遂跟
着众人下车，到行李处去认取了行李，命脚夫帮着携取出站，雇

了一辆马车，坐到新闸门，见阿黛桥边，灯火明耀，又是一种景象。

马车到南新桥停下，子美付了四角钱，再雇了两辆人力车，一辆自己坐着，一辆运载物件，进城而来。到得自家门前停住，给了车钱，命车夫助着拿进家门，早有下人出来迎接进去。子美先见了祖父，再到后面母亲房中，见母亲坐在沙发上，他妹妹慕蕴、弟弟子敬立在一旁谈话，连忙上前行礼。子美的母亲见子美回来，十分欢喜，便道：

"你回来了，很好，我正在想念你，不知你身子安好吗?"

子美答道：

"近来身体很好，但闻母亲病疟，非常挂念，所以回来看看母亲。"

慕蕴早抢着说道：

"哥哥，你去了这些日，怎的吃喜酒吃得忘记了家乡? 若不是母亲生病催你归家，我看你还不想回来呢! 究竟那边怎样好玩? 莫不是……"

子美连忙地朝慕蕴摇摇头，慕蕴便改口道：

"吴家诸人也很记念你。"

子美道：

"多谢他们，我本来早要回家，只因管翼德留我多住几天，所以耽搁下来的。"

子美的母亲道：

"我的疟疾很是厌气，幸得昨、今两天没有发作，吃了陈医生的药，精神也觉得好些，大约可以渐渐好了，但愿如此。"

162

遂把带来的许多食物交给他母亲收藏，又从箱中取出一段衣料送给慕蕴，几件玩物送给弟弟，另有许多东西要送绛雪楼姊妹的，放在卧室，预备明日带去。子美的母亲又吩咐下人端整夜饭给大少爷吃。这夜，母子三人絮絮谈话，直到十一点钟，才各自安睡。

明天，子美带了礼物，和慕蕴到吴家来，见了柔慧姊妹、咏梅姊妹，大家问他杭州好玩吗，书也不想读了？子美笑笑，遂把各种礼物送给众人，又到碧桃轩见马璆，到杏芬室见吴仕廉，买了许多笔墨纸扇、鼻烟等类送给两位老人家。这一天正是星期六，傍晚，璧人归家，和子美握手道故，子美又问起清涓订婚之事，璧人一一告诉他。子美道：

"谢吟秋吗？他是正则中学里的英文教员，我认识他的，不想他倒做了我们老师的坦腹东床。"

又问：

"汪女士哪里去了？"

柔娟答道：

"汪琬毕业后到上海大学校里去读书，将来伊还要出洋呢！"

子美道：

"乘风破浪，我们青年人应该都有这种壮志。"

柔慧道：

"现在出洋留学也不足奇了，听说外国课程很容易，我们出去的学生哪一个不是得着硕士、博士的学衔归来炫耀国人？将来硕士、博士满街走，更何足道到底要靠有真实的学问。驴蒙虎皮专吹法螺，反为外人讪笑罢了，所以一个人要研究学问，非潜心

163

致志摒弃俗念，经历长时期的刻苦不可。现今一班少年管窥蠡测，自炫其长，而溺志纷华，贪骛荣利，都是自己学未有成，已要出来问世，盲人瞎马欺世盗名，所以学术界的前途正在黑暗之中，未可乐观呢！"

咏梅道：

"柔慧姊姊是老学究，又要大发议论了。"

众人都笑起来。子美也觉得柔慧的性情很有些近乎愤世嫉俗，众醉独醒的一派，咏絮也是高傲自负，不肯向人低着，唯有柔娟豪迈直爽，咏梅和易可亲，比较近情些。又想到秀君真像玫瑰花使人心醉，不期然而然地有一种吸引力，使爱伊的人情愿拜倒在石榴裙下，做不叛之臣。他正在呆呆思想，柔娟道：

"子美兄，想些什么？"

子美被柔娟一语道破，不觉面上有些微红，便道：

"我正在想，回去要写几封信探问朋友，如何写法。"

说罢，遂立起身来，告辞道：

"我要回去写信了。"

璧人道：

"明天早些来玩。"

子美点点头，遂和慕蕴同归。此后，子美虽仍到吴家去读书，和绛云楼诸姊妹相聚，然而他的心中已被一人盘踞着，念念不忘，觉得非此人不欢了。此人是谁？谅读者也知道是西子湖边的赵秀君了。子美到苏州后，曾写一信到管翼德处道谢他们夫妇款待的深情厚谊，本想附一函给秀君，但因秀君叮嘱过他，不能通信，所以只好在翼德信末问起秀君近况，不料翼德复信前来，

164

轻描淡写地说了几句，并没有提起秀君，使他好不难过。秀君的声容笑貌一一在他脑里盘旋着，很想再到杭州，无如他家中尊长已说他好游心重，荒废学问，今年断不轻易允他再出去了。子美只好闷在怀中，秘不告人。自此，觉得读书没有心路，不像以前的猛进了，乌飞兔走，光阴很快，有话便长，无话即短。

转瞬已到阳历新年，子美又写了一封拜年信去，并附在翼德函中，转送给秀君一张美丽的贺年片。不多几天，翼德回信来了，并说贺年片已代送讫，勿念，并不说起秀君近状。子美也很怪秀君太觉胆小，我不能寄信给伊，难道伊也不能抽个空偷寄一封信给我吗？未免令人怀疑，然而两地暌隔，亦是无可如何。

绛云楼诸姊妹却又发起新年聚餐会，子美当然被邀请，清涓也特地前来，共有璧人、子美、立人、柔慧、柔娟、咏梅、咏絮、清涓、慕蕴九人，在舞鹤厅上聚餐，猜拳行令，十分热闹，不料便在此时种下不欢之因了。席间，璧人要行一种红楼酒令，名"潇湘访怡红"，是他看见一本杂志上载有这项游戏战酒令法则，因此照样制了，要试玩一下。这种酒令和捉曹操相仿佛，谁拿着潇湘妃子的阄子，便要去找寻宝玉，宝玉若被找到，须罚饮五杯，大众恭贺潇湘妃子各一杯。如找到末了，只有一个人了，那一个人当然是宝玉，无须再找，那么潇湘妃子要罚饮五杯，潇湘妃子若遇薛宝钗，必须猜拳至十次以上，因为两人正是冤家碰头，若遇紫鹃，紫鹃饮一杯，以后可以帮忙，因为紫鹃是黛玉的侍婢，其他名目甚多，可以供给二十人玩。他们拣去了几张，把阄子放在盘中，各人拈取一纸，凑巧咏絮拿着了潇湘妃子，大家便对伊笑道：

"多愁多病的林妹妹，快来找你的宝哥哥吧！"

咏絮笑道：

"算我晦气，但是我的酒量有限的，若遇宝钗，如何是好？"

璧人笑道：

"不必多虑，快请找吧！找到了便不喝了。"

咏絮看看各人的面孔都不像拿着宝玉的，唯有慕蕴却默然无言，便指着慕蕴道：

"可在蕴姊处？"

慕蕴摇摇头，翻开纸一看，却是史湘云，纸上注着"猜拳三次"，慕蕴便道：

"猜纸刀石吧！"

璧人道：

"不兴今天的酒令，必须猜拳。"

两人无奈，便三元四喜地猜起来，结果咏絮胜一而负二，喝了两杯，慕蕴喝了一杯。咏絮谛视良久，又指着清涓道：

"可是姊姊？"

清涓取出纸来，众人一看，是香菱，下面注着"对饮一杯，背唐诗一首"。清涓便和咏絮对饮了一杯，曼声吟道：

冷冷七弦上，静听松风寒。

古调虽自爱，今人多不弹。

柔慧听了，笑道：

"清雅得很，但是清涓妹妹可以说得高山流水幸遇知音，他

166

日琴瑟和谐，诗咏《关雎》，无须古调独弹了。"

清涓面上一红道：

"姊姊善于调侃人家，我总说不过你。"

众人大笑，咏絮心中焦急道：

"我一连猜了两个，喝去几杯酒，宝玉还没有找到，令人可恨。"

柔娟道：

"怡红公子，快出来吧！你的妹妹恨你了。"

咏絮看见立人慌慌张张的形状，便道：

"在你处了。"

立人哈哈笑道：

"我是故意装出慌张来，果然要来猜我了。我是袭人。"

璧人道：

"袭人已出，宝玉快到了，你们要猜两杯。"

立人拳风很利，却又是咏絮输的。咏絮喝得两窝儿红晕，益觉妩媚，指着璧人道：

"稳在哥哥处。"

璧人答道：

"小姐不要慌忙，小婢紫鹃来也。"

原来是紫鹃，璧人便喝下一杯说道：

"以后我可相助了咏絮。"

见伊姊姊微笑，便对咏梅说道：

"是你！"

咏梅笑道：

"你这样猜，大概猜到底也猜不着的。我是宝钗。"子美道：

"好！你们猜拳吧！"

咏絮和咏梅猜拳，第一下便输去一杯，说道：

"我不来了，哪里喝得下许多酒。"

璧人伸手把咏絮面前的一杯酒取到手中，一饮便干，说道：

"你猜拳输了，我代喝。"

慕蕴道：

"好一个忠心的小婢。"

咏絮不觉暗笑，又和咏梅猜拳，一连几下，又输了四杯。咏梅只输一杯，璧人一一代喝了，便道：

"咏絮妹妹的拳实在不济事，三战三败，不如由我一起代了吧！"

咏梅道：

"我和黛玉猜拳，不干别人事，偏要你半路上杀出程咬金，我不来了。"

璧人道：

"我是紫鹃，有言在先，当然可以帮助，并非多事。"

咏梅不得已，遂和璧人猜拳。一连输了两杯，喝了酒，不肯再猜，说道：

"我不同你喝，谁是潇湘妃子，谁和我猜。我的酒量也不大的，再输时喝不下去了。"

子美道：

"那么由我代喝。"

咏絮道：

"不能不能。子美兄自己还没有被访，怎能代人家喝酒？"

咏梅道：

"你既然不许人家帮忙，可自己和我猜拳也不要向人乞援。"

咏絮道：

"我请璧人哥哥代替是有关系的，子美兄和你有什么关系？"

咏梅道：

"只要人家愿意，若一定要我喝时，我只好不来。"

众人都道：

"何必苦苦争执？让子美兄代喝便了。"

咏梅便和璧人再猜，各人输了一杯，咏梅的一杯便由子美代喝。咏絮却说道：

"猜不出的，我不来了。"

面上便露出不悦的颜色。众人道：

"无论如何，这个会总须终结，我们高高兴兴地饮酒，咏絮妹妹不要半途中止。"

璧人也道：

"再猜吧！横竖有我喝酒。"

咏絮道：

"请了别人喝酒，不争气的，反被人家多说一句话，我不要。"

咏梅听了，却向咏絮冷笑，清涓道：

"咏絮姊不要坚执，只有几个人了。"

咏絮被众人逼着，不禁要哭出来，勉强向柔慧道：

"可在姊姊处？"

169

柔慧笑道：

"林妹妹，累你多吃苦头，恕我宝哥哥的忍心，情愿罚酒。"

原来柔慧正拿着宝玉，众人遂各贺咏絮一杯。柔娟道：

"幸亏继续下去，不然岂非便宜了慧姊？"

咏絮方才回嗔作喜道：

"早知是柔慧姊姊，我一猜便着，岂不爽快？"

柔慧把五杯酒慢慢喝下，众人酒也喝得够了，菜也吃得饱了，就此终席。饭后，子美、立人、璧人三个人出去游玩，清涓便住在吴家，咏絮喝醉了去睡，咏梅却伴着文氏去观前街购物，柔慧、柔娟、清涓、慕蕴四人在绛云楼上做叶子战，谈起咏絮的性子，众人都不赞成，唯有柔娟却说：

"咏絮虽然高傲，心地却很坦白。咏梅有时却有些矫揉造作，我母在两人中却爱咏梅，很有意思，要伊做媳妇。"

柔慧道：

"我看治家之才咏絮不及咏梅。"

清涓问道：

"那么璧人兄心中怎样呢？"

柔娟道：

"他一样待得很好的，一时倒看不出。"

柔慧道：

"照今日情景而论，却有些爱护咏絮。"

柔娟道：

"这也不能怪他，他是紫鹃，当然可以帮忙，不足为凭。"

四人正在说话，忽然春兰持着一个湖色信封送到柔娟面前，柔娟接了，柔慧道：

"又是邓老四来的信。"

春兰道：

"老太爷那边也有一封，这是老太爷吩咐我送进来的。"

柔娟拆开一看，不由梨窝儿上两点绯红。柔慧道：

"这里都是自己姊妹，如有什么消息，不妨直说，恐怕要吃喜酒了，是不是?"

柔娟道：

"被你猜着了。"

众人大喜，忙问几时。柔娟道：

"明年正月十五，他到苏州来结婚。"

大众都道：

"那是很快的，我们都要预备吃喜酒了。"

柔娟不语，把信放在衣袋中，稍停，文氏和咏梅回来，柔慧告诉了文氏，也自欢喜。文氏道：

"不知祖父可知道?"

柔慧道：

"另外有一信的，大概知道了。"

晚上，璧人等回来得知消息，都向柔娟说笑话，吴仕廉也唤璧人去，把这事告知他，唯有咏絮还没有知道。晚上，子美、立人等都回家去，柔娟到清芬馆里来看咏絮，见咏絮睡着，一只雪藕也似的粉臂露在被外，泪痕界面，好似受着冤屈，不觉代伊可怜，遂唤醒伊。咏絮醒来，见室中电灯已明，柔娟坐在床边，想起方才饮酒情形，便道：

"柔娟姊，适才我喝醉了，直睡到这个时候，现在几点钟了？"

柔娟一看壁上挂钟，道：

"已有七点钟了。"

咏絮道：

"我仍觉头脑昏昏，心中闷得很，恐要生病。"

柔娟道：

"你请宽心，明天便要好的。"

咏絮叹了一口气。柔娟又道：

"我来告诉你一件事，明年正月，我要请你吃喜酒了。"

咏絮道：

"姊姊嫁后，大约要到汉口去的，以后我更要凄凉了。我的性情自知不会讨人欢喜，我也不肯乞怜于人，唯和姊姊却很相知，凡事姊姊也能原谅我，我自己的亲阿姊有时却反要冷嘲热讽，不肯体惜一些。想我自幼孤苦，寄人篱下，不知将来如何结局呢！"

柔娟道：

"你总是容易抱悲观，你们自己姊妹也不该存芥蒂于心，你若嫌此地住不惯，将来我接你到汉口去住，可好？"

咏絮道：

"那是再好也没有了。"

柔娟又问伊：

"可要吃一些晚饭？"

咏絮摇摇头道：

172

“我不想吃。”

柔娟又和伊讲了一些话，咏梅也走来问咏絮醉酒后身体可觉适意。咏絮道：

“头晕目眩，余醒未醒，此后我发咒不再喝酒了。”

稍停，仆妇来报用晚饭，柔娟叫咏絮好好安睡，自己和咏梅出去，告诉家人说，咏絮身子有些发热，像要生病的样子。璧人听了，心里十分惦念。明天，到清芬馆要来看看咏絮，却见咏梅走出室来，说道：

“璧人弟，我们到园里去吸些新鲜空气。”

璧人答应一声，两人遂走进小桃源，见园中枝枯叶残，唯有翠柏苍松巍然独存，另是一番隆冬气象。两人走到红梅轩中坐定，咏梅道：

“昨天，你看我妹妹的性子何等兀傲，总是让些伊，不肯过甚。”

璧人道：

“不错，你们究竟是亲骨肉，同气连枝理，该相亲相爱。咏絮的脾气似乎古怪些，好在你知道伊的，当能原谅。”

咏梅道：

“是的，我们早没了父母，现在寄居在此处，自当格外亲爱，我不和伊计较。”

璧人道：

“这是姊姊的贤德了。”

咏梅又和璧人讲了许多话，柔慧、柔娟早已寻来，说道：

“我们寻来寻去，寻不到你们，却在这里谈话，园中很冷，我们到曼陀罗室去吧！"

咏梅、璧人遂立起来，一齐出园。到了下午，璧人见咏梅在绛云楼上做叶子战，遂悄悄地走到清芬馆，见咏絮睡在床上醒着，一见璧人进来，便道：

"璧人哥，今天你没有到学校吗？"

璧人道：

"我要晚上去呢！听说妹妹芳体欠和，很不放心，特来探视。"

遂坐在床上看咏絮，咏絮云鬟微蓬，两眼有些红肿，玉容微觉憔悴。咏絮道：

"多谢盛意，我吃醉了酒，常要发生悲观，几天不舒服，以后我永不喝了。昨日我自知无状，但是他们也太欺负我了。"

说罢，眼眶中隐隐有泪。璧人道：

"妹妹切不要向悲观的路上走，有损玉体。昨天的事你们总是姊妹，万不可因此龃龉，我已和你姊姊说了，她也原谅你的，你不必耿耿于怀了。"

咏絮答道：

"伊真肯原谅我吗？不过对外人说的一种好听话罢了。本来我们姊妹两人形影相吊，格外要亲爱，但近来伊对我渐渐冷淡，我也看得出的。还有郑妈，时常在舅母面前赞伊好，说我不好，我又天生一副傲骨，不肯去附和人家，别人和我疏远，我就疏远，再也不愿取媚乞怜。我在这里除却柔娟姊和你两人觉得和我亲近一些，他人都很淡薄的。总之，我恨身世孤零，依人过活，是何等可怜的事。上回和你说起求学的事，蒙你代我设法，但是

174

舅母面前疏通不过，至今不能如愿，悲痛之极，茫茫前途，萍飘絮泊，不知作何归宿，因此我心中的悲哀不能消释了。"

璧人听了伊的话，觉得柔情一缕，顿时萦绕在咏絮身上，很想安慰伊，却没有合宜的话，只好说道：

"妹妹的心事我都明白，很表同情，但我终要劝你善自珍重，似妹妹如花一般年华，将来前途能有光明境界，此时还宜忍受，还望你们姊妹彼此和好为要。"

咏絮道：

"你的说话很可使我得到安慰，我很感谢。"

说罢，面上有些红霞。璧人道：

"我们也如亲兄姊妹一般，妹妹有什么话可对我说？不要抑郁在胸，徒然自苦。"

咏絮点点头，不觉双目滴下泪来，连忙把手帕揩去。璧人道：

"我今天晚上要到校了，妹妹如便好时，请暗地寄封信来，免我悬念。"

咏絮又点点头，璧人遂告辞出来，走到外面庭中，凑巧遇见柔娟，柔娟问道：

"你到清芬馆去看咏絮的吗？"

璧人道：

"是的。"

柔娟道：

"咏絮妹妹怪可怜的，伊的脾气容易吃亏，我看伊对你的感情却很好，你总要时时安慰伊，以后我要在母亲面前极力代你们

175

撮合成功可好？”

璧人笑着点点头，柔娟又道：

“我看母亲的意思很赞成咏梅姊，我的心思却不同，知你心爱咏絮的，我和你两人力谋达到目的，不怕母亲不依。”

璧人道：

“好！将来全仗你了。”

两人遂回到绛云楼去。欲知后事如何，请看下回。

评：

子美极会做人，所以大家都欢喜他。

有了情愫，既不能当面倾吐，又不能信上通达，真是人生第一件难过的事。

“潇湘访怡红”的酒令在兄弟姊妹的宴会中极有风趣。

越是亲骨肉，越起不得尘翳，有了尘翳，愈积愈多，终不能谅解而致决裂，这是很可怕的。

第十六回

珠香玉笑新岁新婚
燕去楼空恨人恨事

　　大地春回，万象更新，新年到了。绛云楼诸姊妹在新年中放花炮、掷状元筹、饮屠苏酒，十分热闹。柔娟忙着检点嫁时衣裳，秦氏预备一切婚事。

　　转瞬元宵已近，邓豪士和他的伯伯及母亲、妹妹都已乘轮来苏，住在城里城中饭店，豪士又伴着他的伯伯、母亲、妹妹先来吴府探望，和吴仕廉、文氏等贺年。吴仕廉和璧人在外招待，文氏和柔慧、柔娟等在内招待。豪士的伯伯名宗汉，年纪也有五旬开外，衣服朴素，精神矍铄，谈锋很健。吴仕廉便在晚上设宴款接，为他们洗尘，尽欢而别。

　　到得正月十五那天，吴府中悬灯结彩，焕然一新，大厅上、花厅上挂满了喜幛，门外车马塞途，贺客满堂。绛云楼诸姊妹都装饰得美丽明艳，珠光宝气，鬓影衣香，在下一支笨笔自愧形容不出。汪琬因校中还没有开学，所以也在此吃喜酒，还有柔娟的同学梁女士、杨女士、万女士、蒋女士等，都来吃喜酒。豪士那

177

边只有几个同学和几个旧亲，反比吴家客少。柔娟预请咏絮和梁女士做女傧相，因为两人都是身材苗条，和自己错不多高低的，又请汪琬和蒋女士奏琴，结婚的时辰是在下午四时。三时左右，将彩舆到临，仪仗甚盛，把柔娟迎娶了去。这里绛云楼诸姊妹都要送亲，所以柔慧、清涓、咏梅、慕蕴、杨女士、万女士，以及咏絮、汪琬、蒋女士、梁女士等有职事的人都坐了簇新光亮的包车，随着彩舆赶到城中饭店，坤宅主婚人是吴仕廉，证婚人是马璆，豪士打着轿子来接去，司仪员便是徐子美。婚礼很盛，有证婚人的训词、来宾演说等，当司仪员引新郎、新妇退时，众宾客都拿花朵纸球纷纷向新郎、新妇掷去，好似千万蝴蝶凌空飞，煞是好看。旅馆中的洞房稍事装饰，没有什么好看。

到得黄昏，吴家去接回门，豪士和柔娟双归，十分热闹，子美、立人等都来向新郎闹酒，里面众姊妹也围着柔娟说笑。柔娟穿了绣花礼服，头上扎着珠箍，用珠罗纱罩着胸前，挂着一朵大珠花，越显得娇艳动人。那两个女傧相咏絮和梁女士，都穿着洋桃红软缎的灰鼠短袄，黑色软缎的裙，钉着珠边，也好似新嫁娘一般艳丽。大家又请新郎到后堂来谈话，豪士和众人都是熟的，大家胡乱谈了一会儿，文氏又叮嘱了豪士几句话，然后新夫妇仍坐着彩舆回到旅馆去。这里边众宾客都到舞鹤厅上去看提线戏，璧人点了一出《黄忠十三功》，咏梅点了一出《鸿銮禧曼陀罗室》，另有苏滩和说书，闹了一夜，众人都没有睡。直到明天，客人退去，众人方才睡一个畅。

隔了几天，文氏又带姊妹去会亲，豪士也时常到吴家来。吴仕廉见了孙女婿一表人才，老颜生花，喜乐无限。咏絮和慕蕴时时去探望柔娟，后来，知道豪士在汉口请假一月，所以在二月初便要回汉口，柔娟当然要随着同去。咏絮心中何等凄惶，伊十分舍不得让柔娟和伊分离，但伊也没有方法想能挽回这事，柔娟也觉得离别家乡有些不愿意，然而豪士归心如箭，刻不容缓。一到二月初旬，便带了柔娟，领着母亲和妹妹动身，先到上海盘桓数天，然后坐长江轮船到汉口，至于他的伯伯是早已去了。文氏很觉舍不得，女儿远离，千叮万嘱，临别的前一夜，柔娟回到家里，文氏和伊絮絮讲了一黄昏。柔娟乘间对她母亲说道：

"我看咏絮表妹才貌俱佳，性情也很坦直，和璧人哥感情融洽，真可配作一对儿。璧人哥毕业在即，可以趁早定下吧！"

文氏道：

"咏絮才色都好，但我看咏梅性情和易，为人也很能干，将来料理家政，还是咏梅能够主持，所以我早想把咏梅配给璧人。"

柔娟又道：

"各人的眼光、各人的意见，自然不同，这两位表妹人品、学问自然都好，而我的意见却以为咏絮好些。但是这件事还须璧人哥自己决定为妙，以后母亲可以探问璧人哥，看他怎样意见，母亲便怎样好了。"

文氏笑道：

"是的，现在男女婚姻都要自由了，此事且待慢慢配定吧！"

柔娟不好再说，心里暗想：我总要和璧人合作，定使达到目的，才对得住咏絮，在柔慧面前却不透露，因为柔慧和咏梅亲近的。柔娟又和绛云楼姊妹道别，一个个都现出黯然之色，而咏絮更觉悲伤，紧紧握住柔娟的手，向柔娟呜咽饮泣。柔娟见伊这种情形，万分伤心，也滴下泪来。

动身的那天，柔慧、咏梅、咏絮、慕蕴、清涓、璧人、子美等都亲自送到火车站，依依不舍而别。咏絮回到家中，悄然无语，走进清芬馆，向床上和衣睡下，双手掩着面啜泣。柔慧和咏梅进去劝解了一番，心中也觉得好似失去了什么似的，万分难过。柔慧回到绛云楼，空闺寂寂，二十年聚在一起的亲姊妹一旦天涯远离，人去楼空，饶你柔慧怎样心冷、怎样善自解脱，总觉得黯然魂销。

徐子美自从吃了柔娟的喜酒以后，心中时思秀君，怎奈没有信来，又不好意思向翼德多问，望美人兮天一方，不胜怅怅。而绛云楼诸姊妹，柔娟远嫁，汪婉求学沪滨，柔慧又可望而不可即，没有以前的热闹有味。前日马璆又因患疾告假回去，弦诵顿辍，渐觉冷静，所以很想再到杭州去走一趟，可和秀君见面，遂向他的母亲商量通了，诡说管翼德有事招他赴杭。他祖父徐则诚是每天喝酒、弈棋、念念佛，不甚管到家务上，子美说什么他便依什么的。所以，徐子美预备行李，又去买了许多苏州有名的食物和稻香村的茶食、采芝斋的糖食、三珍斋的酱鸭，送给管氏弟兄和秀君，又到元妙观里买了好些玩物，预备送给惠民，遂到绛云楼来辞别。柔慧道：

"子美兄这一去，可要耽搁几时？早些回苏。"

子美笑着点点头。慕蕴道：

"西子湖边流连忘返，恐怕他此去又要有一两个月的长久呢！"

谈了一刻，天色已晚，子美遂回家去，一切早已摒挡就绪，他的弟弟忽然要和子美同去，子美哪里肯带他去？便道：

"你要读书的，校中缺了学分不得升级，待你长大后我要奉了母亲和你们姊弟一齐去，你请等着吧！"

他母亲笑道：

"明年我也要到杭州去玩一趟，敬儿，到时我带你去是了。"

子敬便道：

"那么哥哥回来时多带些杭州的橄榄，我很喜欢吃的。"

子美道：

"我此次要多买些，包你吃得摇头。"

这一夜，子美睡在床上，只望天快亮，果然东方发白了。子美起来梳洗，一面催着下人煮粥，吃饱后，便拜别了母亲和祖父等尊长，匆匆上道。到了杭州，雇着车子坐到长庆街西泠美术社。翼德夫妇见子美到来，觉得有些突兀，明德夫妇也出来招待，子美送上许多礼物，翼德夫人千恩万谢地收了，互问别后状况，却不见秀君姊弟影踪。子美心中好不纳闷儿，又不好便问，翼德仍请他住在外边书房里。当夜，子美很觉疲倦了，一宿无话。

次日，子美向翼德问起秀君来，翼德皱着眉头，长长叹气道：

"古人说：红颜薄命。这句话真可说尽古今女子，现今的时代，虽然妇女已到解放时期，可是像秀君那样处身在顽固专制的家庭里头，简直可怜之至了。"

子美听翼德说出这种感叹的话，心头忽如小鹿乱撞，跳得很急，忙问道：

"怎样？怎样？莫不是……"

翼德道：

"秀君的家庭情形，谅你也有些知道，无容我赘述。去年秋间，自你去后，伊的父亲来杭扫墓，父女相见，本想要带秀君姊弟北上同居，秀君托词不去，我们也极力挽留。不防秀君有一家远亲便住在这里羊市街上，有一个老妪，秀君称呼伊三婆婆的，竟在秀君的父亲面前飞短流长，极力怂恿说秀君近来常喜修饰，在街上东跑西走，曾和一个苏州少年姓徐的游西湖去。女儿家年纪长大，在此解放潮流的新时代，恐怕要被人家诱惑做出不规矩的事来，不如带伊到天津去，常在身边，可以管束，不要将来玷污了门楣。秀君的父亲听见这话，暴跳如雷，便来责问秀君，秀君慑于父威，哪有话去还答？只自啜泣，我们也觉得很难为情。后来，秀君的父亲决定要带秀君姊弟北上，秀君无力违抗，临别之夜，伊和我们告别，谆嘱我们千万不要把这个恶信告诉你，只不要给你回音，使你可以淡忘，或当伊是薄情的女子，免得你情丝难断，徒增悲伤，可怜伊哭得和泪人儿一般，所以，我们给你的信没有一句话提起秀君，要想你把伊淡忘。不想你竟一往情深，再来探问彼美，哪知人面桃花，更觉惆怅，你也要怪我们不能为你尽力吗？实在秀君的家庭专制得很，旁人也没有法子想啊！"

子美听了，大失所望，遂叹道：

"可怜的秀君，我们难道没有法子去救伊吗？"

翼德又道：

"唉！我索性告诉了你吧！内子在正月中接到伊的一封来信，却说伊的父亲贪慕虚荣，听着后母的话，把伊配给一个做过某处警察厅长姓倪的，年纪已有三十多岁了。伊几次向伊父亲表示不愿意，都遭驳斥，反说伊没廉耻，又说伊贱骨头，好好的官太太不要做，到底在正月十五日出阁了。伊在家受着种种不自由的束缚、专制淫威的压迫，订下了这种婚事，将来也是没有光明，伊的一生就此断送了。此后不愿再和他人通音问，甘心受罪，早死一日便早干净。"

又说：

"伊的身体虽然将要被人蹂躏，而伊的爱情已完全送给了你，但叫我们千万守秘密，但我怎样守秘密呢？听说伊在三月中便要在天津出嫁了……"

翼德尽顾说下去，忽听扑通一声，原来子美已晕倒在地。翼德夫人闻声也跑出来，和翼德一齐把他扶起，翼德夫人伸手解开子美的衣襟，在子美的胸口抚摩，翼德发了急，要去取白兰地酒来。子美忽然悠悠醒转，不觉叹道：

"我的希望完了，可怜的秀君！"

翼德夫人对翼德跺足说道：

"早叮嘱你不要泄露这个不祥的消息的，你偏要告诉徐先生。"

翼德道：

"他苦苦问我，我怎能不把实事告诉他？他又不是小孩子，我们怎能瞒得过呢？"

遂向子美解劝道：

"子美兄，你是旷达之人，何必沾沾于是？秀君的处境虽然可怜，然而我们都无法可救，天下像这种受压迫的女子也尽多呢！以前的事还是当作泡影梦幻，不必痴到如此，自伤千金之体。"

翼德夫人也曲为譬解，子美答道：

"'曾经沧海难为水，除却巫山不是云'，我与秀君虽然相聚无多，而彼此掬肺肝相示，爱好无间，我的爱情已整个输送给伊，伊的爱情也深深埋入我的心坎，我的精神化为万道情丝，已经缠缚在伊的身上。秀君若不为我有，而我的情丝已是牢结不解，哪里再能忘情？唉！你们劝我达观，不知若是你们自己犯着，也不能达观了。秀君这种情形，伊的结果当然可以料到，便是伊自己也说的从此断送了伊的一生，却不知道从此也就断送了爱伊的人的一生啊！我的心中这时真如乱刀攒刺，苦痛难受，即使勉强忍着过去以后的岁月，我总是一个负创深重的人，自己不知怎样挨受这永久的痛苦呢！造物不仁，故意造成此等悲剧，我却不幸是个剧中人，你们是看剧的人，可要一洒同情的眼泪吗？"

翼德夫妇听他说得如此沉痛，心中也很觉难过，再三再四把子美劝住。这天，子美竟闷沉沉地睡了。明日，大家觉得他面容消瘦了一半，本来很活泼的，却一变了沉默的态度，更不喜多说话。可是他也不想回乡去住，在翼德那里，每天喝酒，喝醉了，便拉梵婀玲，这是他从家里带来，满拟和秀君再一合奏，不料美人如花隔云端，侯门深如海，萧郎变作陌路人了。他一个人独奏，常常要拉这阕《别矣我友》的曲调，想起天池山上惊鸿一瞥的初见，想起护新人时的点头微笑，想起海宁观潮的豪兴，想起孤山访墓的雅举，想起别离之夜的情形，想起伊的樱肩，想起伊的桃靥，想起伊的剪水双瞳，想起伊的纤眉，想起伊的皓腕，想起……这些种种的回忆，使他时时刻刻映现到他的眼前，而觉得深深的悲哀不能消释。翼德夫妇见他长日忧郁，无以消遣，遂约他出去游湖。子美见春光明媚，春景艳丽，堤边丝丝绿柳夹着红桃，落英缤纷，晛睆黄鹂在树上弄它们的好音，湖水晴碧，许多瓜友小艇来来往往，载着一对对的情侣，子美看了，反勾起他的新仇旧恨来。翼德夫妇正无法安慰他，忽然姚潜夫从湖州前来，见了子美，不觉奇怪道：

"老友怎么又来了？游兴倒不浅啊！"

子美笑笑，翼德背地里把子美和秀君经过的事一五一十地讲给潜夫听，问他可有方法安慰子美。潜夫笑道：

"我倒有一个提议，不知道子美兄可赞成？如他赞成的，当可使他忘情，不致再恋恋于秀君；如他不赞成时，我也无法可想。"

翼德听了，大喜道：

"潜夫兄，你有什么提议？不妨说出来给小弟听听。"

欲知潜夫有何计议能使子美忘情，请看下回。

评：

记结婚的事最为无聊，作者一记再记，偏不肯避复便是要显出他的本领来。

暂聚暂别已是难堪，倘然久聚而又须久别，如何不黯然销魂呢？

盛宴渐渐地散了，读者渐渐地不高兴了，但是越不高兴越要看，因为穷而后工，小说越到衰讽的境界越有精彩。

"人面不知何处去，桃花依旧笑春风"，极浅的话，但是能够打入心坎里，所以脍炙人口。

一个滑稽家现在也无所用其滑稽了。

第十七回

名园缔造佳木成林
情绪缠绵忠言逆耳

读者诸君须知，那姚潜夫也是这部《美人碧血记》书中主人翁的一分子，但是我接连作了十六回，对于姚潜夫个人却只提起几句话，现在且把他的身世状况表白一下。

潜夫世居湖州，家资丰富，他在苏州农业学校毕业后，一意致力种植事业，便在湖州乡间另筑新舍，好似一个别墅样子，但绝不富丽，而清洁非凡。附近有个果子园，他收买下来，开辟得更大，种着许多桃、李、梅、桂、松、柏、枫、槐、竹、梧等树，以及兰、菊、水仙、茉莉、玫瑰、牡丹、杜鹃、山茶、瑞香、蔷薇等花，还有菜疏、芋薯等食物，雇着农工，自己朝夕指导，悉心种植。三年以来，成绩大著，自题园名为"姚园"，园中菊花一类已有一千三百种之多，兰花的种类也很多，果品如水蜜桃、葡萄、橘子、梨等，在外很有声誉。去年曾开过几次展览会，到湖州去参观的人很多，说起姚园来，杭湖各地的人都有些知道，所以他全副精神贯注在这个事业上，很觉有味。他又改良种子，发明培植新法，发行一种月刊，提倡种植，订报的人也很多。他父母双亡，只有一个婶母在城中代他照料家务，又有一个胞妹名仲玉，曾在上海中西女校毕业，凑巧乡间有一个两级女子小学，是教会创办的，请伊去做教务主任，仲玉便答应了。入校以后，把教务积极整顿。

校中有位音乐教员魏紫芝女士，生得美丽非常，而且雅善修饰，在乡中很有艳名，曾在上海玛丽女学毕业，擅长跳舞，伊是本乡魏牧师的女儿，所以也在这个女学校里执教。伊还有一个妹妹，闺名琼芝，和伊一般美丽，也在玛丽女学毕业，现在城中尚德女学里充英文教员，一对姊妹花，可算乡中女子的翘楚，宛如江东二乔，蜚声远近。

有一天，校中开一个恳亲会，一班女学生表演葡萄仙子，是紫芝教授的。紫芝穿着一身英白绸的短衫和裙，颈项里套着蜜蜡朝珠一头，云发早已截作黎明晖式，脚上穿一双肉色皮鞋、肉色的丝袜，幕开处，咯咯咯咯地走到了台上，抚着钢琴，引导学生们出来舞蹈。其时，姚潜夫一时高兴，听了他妹妹的怂恿，也来参观，一见紫芝这般风流明艳，很为倾倒。葡萄仙子表演完毕，便有某先生的魔术，魔术过后，是魏紫芝女士的单人舞。紫芝早换了一身舞衣，缟衣仙袂，冰肌玉肤，在台上翩翩回舞，好似天上安琪儿一般，来宾拍手不绝，潜夫也很赞美。以后便向仲玉问起，才知道紫芝便是本乡礼拜堂魏牧师的大女儿，每逢星期日，魏牧师在礼拜堂内讲道，紫芝便代他弹琴，唱起赞美诗来，"我心里欢喜为耶稣爱我……耶稣爱我……耶稣爱我……"几个爱我唱得悠扬婉转，十分好听。仲玉本在教会女学毕业的，又在教会学校里办事，对于基督教很有相当的信仰，所以星期日的早晨，时常要挟着赞美诗和《圣经》，伴同学生们去到礼拜堂听道，赞美上帝，若要和紫芝亲近，最好到礼拜堂去。

有一个星期日，潜夫觉得今天无事，见伊妹妹仲玉换了衣服，挟着《圣经》，到礼拜堂去了，便道：

"我和你去听听可好？"

仲玉道：

"哥哥若愿留意宗教问题，当然很好。"

遂引着潜夫同往，潜夫到了堂里，在男的一面坐定。有些基督徒见姚潜夫来听道，不觉很注意于他，仲玉自去伴小学生，同坐在讲坛东边。堂里有一座钢琴，紫芝便坐在琴前讲道，起始，魏牧师先立到坛上请大众唱一首赞美诗，紫芝先奏一遍，然后大家起立而唱，潜夫没有带赞美诗，只好立在一旁听他们唱，觉得歌声清扬而温柔。唱的是：

世界上弗长久，如穿梭如电飞，一眨眼就过去。

寸光阴真宝贝，日夜起望前迫。

复活日千禧年，连审判拥上来，新天地就近边。

此时，潜夫心境觉得尘俗一清，真似有一位神圣的上帝在他的面前，觉得世人忙忙碌碌，没有一刻灵修的时光，心里不得清洁，岂不苦恼？然而又听飒飒的琴声，他的眼光又注射到紫芝那里去了。赞美诗唱毕，众人低倒头，肃静地立着，听魏牧师祈祷，祈祷过后，魏牧师又有几句报告的话，另有一个人来收捐钱，潜夫捐了两角小洋。遂听魏牧师读《圣经》讲道，魏牧师讲的《罪孽之得救》，说尽世人许多罪孽，全赖基督救赎，很是警切。不过潜夫是醉翁之意不在酒，所以听了一席话，心上也没有大感动。散出时，潜夫正和仲玉在堂外看两旁种的花卉，魏紫芝早姗姗地走来，仲玉便代潜夫介绍紫芝，紫芝本来有些认识潜夫的，两人各叫应了，说了几句客气的话。紫芝交际功夫很好，便说：

"姚先生是难得到此的，以后希望姚先生时时到敝处来听道，研究基督教的真理，上帝一定喜悦。"

潜夫答道：

"要来的，我对宗教也很表同情。"

又说了几句话，方告别而回。自此，潜夫时时到礼拜堂里来听道，魏牧师当然十分欢迎。紫芝也请仲玉伴着参观姚园。潜夫在园中竭诚招待，一种种的花讲给紫芝听，又请紫芝夜宴。在姚园内有个挹翠轩，四围种着花木，雅洁得很，潜夫设宴在轩中，只有三个人分坐着，菜肴是用中厨房操办的，虽不精而鲜洁可口，潜夫举杯请紫芝喝酒，紫芝不会喝酒，勉强喝了两杯，两颊已是红晕。临去时，潜夫又送给伊许多水果食物，紫芝不胜感谢。

隔了一个星期，紫芝又来赠送潜夫两个洋套枕，枕上绣着花枝，有英文"甜梦"（Happy Dream），语句说道：

"无物相赠，一些粗物却是自己亲绣的，请姚先生哂纳为幸。"

潜夫连声称美，很快活地受了，两人来往渐多，感情也渐渐地浓厚。紫芝的妹妹琼芝有时也和伊姊姊一齐到潜夫家里来盘桓，琼芝有些孩子气，年纪也轻，紫芝却处处和潜夫有些情绪，潜夫本来很落寞的，一旦遇了紫芝，却像磁石和铁吸引着，不由自主地恋着紫芝，然而情场逐鹿者大有其人。紫芝前在上海读书时，曾和一个某某洋行里的职员姓宋名毋我的相识，那宋毋我也是一个美少年，着实在伊身上花去些钱，可是紫芝嫌他没有家产，不肯嫁给他，只和他结个朋友。紫芝回乡后，二人常有书信往来，宋毋我也没有和别人结婚，仍是一心一意地厮守着。紫芝这件事只有琼芝略略知道一些，仲玉却完全不知道。紫芝既遇潜夫，知道潜夫学问丰富，家资富饶，所以心里也很爱慕，但因潜夫一目失明，未尝不是缺憾，芳心中一时尚难决定，潜夫却一缕情丝已紧绕在紫芝身上了。此次到杭来，因为购种的事勾留数天，凑巧遇见子美，管翼德又把子美的事情告诉他知道，问他可有法想，潜夫遂对翼德说道：

"我现在家乡兴办种植的事业，觉得很忙，发行的月报实在没有精神编辑，子美兄的一支笔着实提得起，我想请他去帮忙。那边地方幽静，风景很好，子美兄若有意前往，可以借此忘忧，而且在我那边另有一个女士可以介绍给他，风姿美丽，并不输于秀君呢！"

翼德听了，说道：

"很好！"

便和潜夫去见子美，要请子美到湖州去助理编辑月报，子美一向听得潜夫兴办姚园的新闻，很想前去参观，在杭又寂寞无聊，回家更是没趣，便答应愿随潜夫去。两人见子美愿意允许，十分快慰，潜夫预备后天回去，子美便写了一封家信告知去湖的事，很想另找一个地方换换新鲜空气去了。动身的隔晚，潜夫忽然应一个朋友的邀请到上海去参观棉纱交易所，那朋友姓方，本是湖州人，后到上海去经商，着实赢利，手中多了数十万，便和几个知友创设交易所。这次到杭州来游玩，无意中遇见潜夫，一定要邀他去，潜夫也想去看看，遂随着姓方的坐车到上海去参观交易所，姓方的又说，近年棉纱交易如何得利，劝他加入股份。潜夫一时心动，答应了一万元，姓方的又伴着潜夫去大西洋吃大菜，卡尔登看跳舞，天台看戏。忙了几天，潜夫才购些衣料饰物，预备带回家去，送给紫芝和自己妹妹，坐车返杭。

其时，子美已盼望得焦急，遂又耽搁两天，潜夫和子美束装赴湖，与翼德夫妇握别。子美忽又接到他妹妹的来函，说清涓将和谢吟秋在三月中结婚，望子美回去吃喜酒。又说绛云楼姊妹安好，唯咏絮自柔娟嫁后，益形落寞，常日忧郁，似有不可告人的心事。马璆病已渐好，然将预备喜事，无暇教读，所以慕蕴也不常到吴家去，大都在家中习字、看书。子美看了，便又写一封信去，托慕蕴到那时候代出贺礼，自己并不即还，因有知友邀到湖州去办事，所以归家的日期也难预定，嘱伊善侍母亲、管教弱弟，写讫付邮，便同潜夫乘轮往湖。到了湖州，潜夫先请子美到城里老宅内住宿一宵，次日，又和他到乡间来，子美见潜夫造的新屋很觉清雅，毫无俗气，又到姚园中游览，见姚园共占地十余亩，依山而筑，树木繁盛，各分区域，很佩服潜夫一番惨淡经营的计划。潜夫又把月报给子美看，并说：

"我所以能达到我的希望，有今天一些成绩，都靠我的老友卢汝嘉鼓励我、帮助我。汝嘉也是农校同学，现在北京农商部里供职。"

子美道：

"卢汝嘉吗？我也有些相识，他的父亲是苏州著名的富翁。"

潜夫道：

"正是。"

到了晚上，潜夫又预备着丰盛的酒宴代子美洗尘，新居中唯有仲玉和伊哥哥同住，潜夫便叫仲玉出见，一同陪饮，仲玉落落大方，毫无女儿羞涩态。潜夫又预备一间精美的卧室请子美居住，从此子美帮着潜夫办理月报事务，又随着潜夫研究园艺，一天到晚和那些花草植物做伴，清高绝俗，别有一种趣味。不觉叹道：

"路旁时买故侯瓜，门前学种先生柳。虽是大丈夫不得于时者的所为，然而借此修养身心，淡泊以明志，倒是绝妙的避世良法。"

一天，他正随着潜夫修剪花叶，管园的忽报魏小姐来见，潜夫忙走出去。稍停，偕着一个截发女郎而来，代为介绍道：

"这是舍妹的同事魏紫芝女士。"

又对紫芝道：

"这位是我的幼时同学徐子美先生。"

两人都行了一个礼。子美见紫芝明媚入骨，两眼尤其流利动人，和潜夫喁喁细语，知道是潜夫的情侣了。因想：潜夫为人似乎老实得很，不料他也柔情若水，有这样一个腻友，不禁触动他的愁怀，咬着嘴唇，强忍住。隔了良久，紫芝告辞而去，潜夫笑着对子美说道：

"像我虽近中年，绮怀难绝，觉得爱情的魔力能左右人的意志，一为情网所罩，甘心受其束缚，百炼钢化为绕指柔，老友也要笑我吗？"

子美叹道：

"情之所钟，正在我辈，但情场即是恨场，彼苍者天故意设此爱情之陷阱，使天下多情人受其重创罢了。我愿老友情海风顺，能享美满的幸福，使我旁观者也得吐气。"

潜夫知他满腹牢骚借此发泄，恐触动他的愁绪，便乱以他语。又和子美工作了以后，潜夫也同子美去礼拜堂听道，子美时常到乡间各地方去漫游。

光阴很快，已是四月中旬，乡下蚕事大忙，采桑女十指辛勤，为人作嫁，可怜的蚕作茧自缚，天下事大抵如此。

一天，是星期日的下午，紫芝和伊的妹妹琼芝同来，潜夫便又代子美介绍，并一同出去游玩。隔了一天，潜夫又偕同子美到琼芝校里去参观，琼芝很诚恳地招待，但子美受了重创以后，再也无力振作，绝不留意，不过表面上敷衍敷衍罢了。潜夫也看得出，很觉没趣，然他自己和紫芝的爱情却像自春至夏的寒暑表，热度一天高一天。子美在旁冷眼地看着，他的眼光觉得魏紫芝为人流利活泼，虽然美丽，而性浮而不实，躁而不重，和潜夫的性情似乎不十分配合，反不及伊的妹妹琼芝，却比较端庄一些。

有一个黄昏，潜夫和子美月下对酌，谈起婚姻问题，潜夫说他自己初时因为择偶很苛，又加着一心创办姚园，无暇及此，但觉得一个男子没有家室，便不得寄情之点，减少人生的快乐。现在遇着那位魏紫芝女士，很觉爱慕，彼此都有了爱情，想要早早订婚。子美忍不住说道：

"婚姻的事情最好慎之于先，等到彼此恋爱，各达沸点，没有什么别的阻碍了，然后一举而定，可没有后悔。最要紧的是大家性情熟识，我看紫芝女士虽然貌美如花，在乡中可算翘楚，但察伊的性情，似乎过于流利一些，我为老友前途慎重计，不如再等时日，不求急迫的成功。不知老友的意见以为对吗？恕我直言乱道。"

欲知潜夫听了子美的话，能不能允从，请看下回。

评：

赞美诗费解的多，但是从檀口中唱出来，和美丽的词曲一般动听。

对失意人说情场痴话，真是太不识相，无怪子美有话规劝他了。

潜夫海上一行，已为后文伏笔。

194

第十八回

风清月白怅望天涯
纸醉金迷豪游海上

潜夫早中了爱情的魔力，听子美劝他从缓，便答道：

"英谚说：'犹豫者事之贼也。'凡事亦不可过于拘泥迟滞，我看紫芝虽比较流利一些，然而年轻的女子大都活泼，不能算伊的病。"

子美见潜夫深爱紫芝，遂不再多说了，他自己因为情海中受了打击，可爱的人远在天涯，佳人已属沙咤利，义士今无古押衙。悲痛在心，相思入骨，没奈何，随着潜夫到这乡间来做农林生活，虽有仲玉、琼芝等时来相聚谈笑，但他的创痕未复，绝对没有他种思想。又接到慕蕴的来信，附着一张摄影，是清涓和吟秋的结婚纪念，并报告他们俩在留园结婚，宾客甚盛，绛云楼诸姊妹都往观礼，席设铁路饭店，新郎、新妇陪席劝酒，很是热闹。可惜子美在湖，柔娟在汉，汪琬在沪，未能同预喜宴云云。子美觉得很多感想，潜夫却恋恋于紫芝。一天，对子美说道：

"紫芝有事赴沪，要我伴伊同去，我因上海交易所中亦有信来，所以情愿也去走一遭，你也有兴去吗？"

子美暗想：你是为着紫芝而去，我去做什么？反而给你们不便。遂摇摇头道：

"我没有这个兴致，情愿在此代你照料园务，你可畅游数天而回了。"

潜夫笑笑。到了后天早上，潜夫忙着预备行箧，那位紫芝女士早来了，穿着一件花花绿绿的单旗袍，踏着革履，拿着一柄白洋伞，背后一个小婢代伊提着皮箱。子美正同潜夫讲话，大家点头行礼，潜夫笑嘻嘻望着紫芝说道：

"你倒早啊！我还没有舒齐呢！请坐。"

紫芝道：

"我是急性的，所以略略早些。姚先生，你去办你的事便了。"

遂坐着和子美闲谈。不多时，潜夫带了一个人走来，说道：

"我们去吧！"

便命下人代携了紫芝的皮箱。紫芝早已打发伊的婢女回去，遂和潜夫辞别了子美，很高兴地去了。子美自从潜夫去沪后，代他照料园务，仲玉从校里回来时候，常走到子美那边来闲谈。

一天，正是星期日，仲玉要子美同去礼拜堂听道，子美勉强答允，伴着仲玉到礼拜堂里坐下。那时，奏琴的乃是琼芝，见子美前来，十分欢迎，子美听了一刻，觉得很无聊，没有潜夫那样高兴。散后，仍和仲玉回去。

下午，琼芝来看仲玉，两人因恐子美客居乏趣，便邀他出去划舟，子美当然应诺。仲玉先命下人把自己的小船摇到姚园门前停泊，然后和子美、琼芝下船。那船是小划子，船没有舱的，琼芝、仲玉坐在船中小凳上，当中有一双矮小的圆桌，桌上放一把茶壶，四个杯子是船上预备好的。仲玉笑道：

"我们算为游西湖吧！"

子美坐在船头上打桨，仲玉和紫芝也各执一桨，向两边分水而行。岸上许多乡人，见他们划舟都来观看，子美见河东水面空广境至清幽，遂极力打着桨向那边划去。渐渐离了有人家的地方，而到冷落处了，来到一座小石桥下，桥旁两株绿柳，纤长的柳条飘拂到水面，水色清碧，有一群小鸭游泳在水边。子美有些力乏，便对两人说道：

"此地风景不是很好吗？我们何不泊在柳荫下休息一番？"

仲玉道：

"好！"

那小船遂徐徐停到柳树之下，子美把桨放下，坐到船中来伴着两人闲谈。琼芝还有些稚气，和子美胡乱问些苏州风景，子美把绛云楼姊妹读书的事情讲些给二人听。琼芝道：

"柔慧姊妹很是令人可爱，我几时有机会可以到苏州去和她们见见呢？"

子美道：

"六月里我要回苏走一遭，你们如有游兴，我当请你们同去。"

琼芝喜道：

"真的吗？"

仲玉笑道：

"徐先生岂肯骗你？他到了此地，还没有回去过，自然要去的。"

琼芝道：

"那是最好的了，现在四月中旬，到六月还有近两个月，我望一天天地快快过去，好跟徐先生到苏州一游。"

仲玉却和子美谈些文艺，那时，柳树上有几只黄莺啼得很是好听。隔了良久，才又荡桨而回。

这夜，月色皎洁，照在庭中，几株月季花也开得十分烂漫。子美独坐室里，看了一会儿书，仰见明月，又触愁绪，抛了书卷，走到庭中，负着手凝视那一轮兔魄。自思：意中人天涯远隔，不知伊现在已嫁了人呢？还是在那桎梏式的家庭里度日？料想伊的芳心必定万分苦痛，世上没有别人能爱伊、怜伊，只有我一个人却是爱心不变，朝朝暮暮地想念，然而我只能爱伊，却不能护伊，我这个爱心于伊实际上有什么利益呢？西子湖边一别，到今朝已有半年了，不知道伊的面容消瘦吗？横波的妙目要变作流泪泉吗？明月千里，伊此时见了月儿，曾想到天下还有一个人在那里想望伊吗？我的一缕痴情何时能已？除非秀君再来……不，伊哪里再会来呢？他想到这里，不觉长长地叹了口气，遂低声吟道：

长相思，在长安。络纬秋啼金井阑，微霜凄凄簟色寒。孤灯不明思欲绝，卷帷望月空长叹。美人如花隔云端！上有青冥之高天，下有渌水之波澜。天长路远魂飞苦，梦魂不到关山难。长相思，摧心肝！

吟了又吟，觉得无限相思，一时不能自慰，便回到室中，取出那支梵婀玲来，重又走到庭中，把梵婀玲拂拭一遍，叹道：

"此调不弹久矣！哪里想到去年合奏一阕，以后几成永诀。今夜愁怀难遣，不免重奏一下。"

他便拉起那阕《别矣我友》来，音调凄恻，好似杜鹃哀鸣，嫠妇夜泣，真是白香山所谓"弦弦掩抑声声思"了。子美拉了一遍，忽听后面有琐碎的脚步声，回过头来看时，月光很是清楚，见仲玉立在那边树下。子美忙走过去，仲玉也走近前笑道：

"徐先生的梵婀玲真好听，我在里面听得这个声音，自思，此地无人能奏，大约是徐先生，故来一看。徐先生真是雅人深致。"

子美肚里自思：伊哪里知道我心里的苦痛？反说我雅人深致，怎好把秀君的事告诉伊听呢？便强笑道：

"我是不十分精的，女士幸勿见笑。"

仲玉道：

"徐先生不必谦虚，可能再奏一曲给我听听？我却不知道徐先生是一位音乐家呢！失敬得很。"

子美推辞不过，只得整弦重奏，拉一阕《春日的小岛》，靡曼悦耳。仲玉连声称赞，那边有一石凳，仲玉遂和子美坐下，对子美说道：

"我有几句冒昧的话要说，不知徐先生可能原谅我吗？"

子美不由心中一愣，答道：

"有什么话请女士直说便了。"

仲玉道：

"自从徐先生到此，我们虽相聚无多，然每每窃观颜色，眉峰颦蹙，吐语哀感，大概先生胸中必有悲痛的事吧！但忧能伤人，非卫生之道。今之夜可能见告一二吗？"

子美听仲玉说话，很佩服伊的心思机警，然而秀君的事岂能轻易告人？即使伊知道了，也有何益？决计不说，遂答道：

"时不我与，怀中抑郁，举目河山疮痍，莫叫有负此七尺的身躯，愧不能效定远的投笔从戎，愧不能效终军的请缨先驱，愧不能效宗悫孤乘长风破万里浪，说不尽的惭愧，所以时常不欢了。"

仲玉道：

"彼丈夫也，我丈夫也，我何畏彼哉？徐先生英才积学，将来大可有为，切莫要学贾长沙的痛哭流涕，把好好的英气颓堕，还宜自爱自勉，为前途奋斗。"

子美心中很是感激，然而实在他并不是伤心国事，却是失意情场，仲玉哪里知道呢？很想勖励他鼓起精神来。著者敢说，若要子美的精神振起，只有秀君来安慰他了。两人讲了一歇话，夜深，不便多谈，仲玉遂告辞进去。这夜，子美回到室里，坐对孤灯，思潮垒落，及至解衣上床，辗转反侧，睡魔不来，只好等天亮了。

子美正在夜间愁闷同时，潜夫却在上海快乐。原来，潜夫和紫芝到了上海，先到远东饭店住下，第三十六号房间，紫芝因为吃伊朋友的喜酒，吉期在即，便先到朋友那里去了。潜夫遂到交易所来看，方才与子久见。潜夫来沪便设宴代他洗尘，潜夫道：

"足下要我来沪，可有什么事情？交易所事业顺利吗？"

子久点头道：

"总算立得住，我所以请你来沪，是因近来有大宗棉纱买卖，照市面看起来，我们可以尽量买入，不到两三月，稳可获利。总数是有一百三十余万，我们连我共有三个人，已经定当要做了，恐资本还不够，所以要和你同做。内中有个姓苏的，是此中老内行，不过他资本有限，只认得二十五万，我认了四十万，还有一个姓胡的朋友认了三十万，尚少四十万，我想请你认下。"

潜夫踌躇道：

"为数太大，我是门外汉，不敢孤注一掷。"

方子久笑道：

"你也未免胆小了，这次多少可以赚些，十拿九稳，哪会失利？即使不幸而失败，终不会全军覆没的啊！你不要狐疑了。"

潜夫道：

"尽我所有，也不过三十万，怎能如此冒险？"

方子久又道：

"不妨的，有我也在冒险呢！等你明天见了姓苏的再说吧！"

两人遂又约定明天夜间六时在小有天用夜饭，一切再谈。

次日上午，潜夫出去拜访几个朋友，又到交易所里去走了一转，下午，被一个朋友邀去雀战，和了一副三元大胜而归，朋友都说他运道好，潜夫十分得意。六点钟时，又到小有天来，方子久代他和姓苏的、姓胡的见了面，一同坐着喝酒谈天，姓苏的能言善辩，人品也漂亮得很，说得此次交易可以睡了取利。潜夫被他一时说动了心，又经着方子久的极力拉拢，竟贸然答应同做。方子久等大喜，自去进行。潜夫信任方子久，就把一切事托他。

紫芝吃罢喜酒，回到远东饭店。潜夫道：

"我们可以多玩几天了。"

紫芝笑笑。这夜，二人到大新舞台去看戏，紫芝喜看京剧，而潜夫喜看电影，却因大新正新请到京津名伶，所以陪着紫芝前去，预先订下花楼的座位。两人在同兴菜馆吃了晚饭而去，到时，台上正做小翠花的《游龙戏凤》，其次为尚和玉的《四平山》，尚饰李元霸英悍之气，现于眉宇，使动两个锤头时，真如两点寒星，过后是时慧宝的《戏迷传》，也是著名好戏，过后是尚小云的《二本虹霓关》，唱做都好，压轴戏是杨小楼、刘永奎的《盗御马连环套》，杨小楼起黄天霸，刘永奎起窦尔敦，《窦尔敦盗马》一段演来精彩十足，《小楼拜山》一段念白清楚，精神抖擞，博得彩声不少。紫芝对潜夫说道：

"前年我在这里求学时，有一个朋友邀我看杨小楼、梅兰芳的戏，正做《霸王别姬》，小楼的项王真有暗呜叱咤气，盖一世的威风，一眨眼已有二三年了。"

看罢回来，两人各据一榻而睡。明日，紫芝提议去看跑马，被紫芝赢了七十多块钱，不胜欣喜。夜里，又到夏令配克去看影戏《诗人入地狱》，一边邀游多日，紫芝因为校中不便多旷功课，便与潜夫商议回去。潜夫本来是奉陪伊的，现在见伊倦游思返，自然赞成。

次日，又和紫芝到永安公司去购了许多东西，然后乘轮回乡。子美带笑问道：

"海上之游，乐乎？"

潜夫笑答道：

"扰扰攘攘，哪里有家乡清幽呢？"

子美又道：

"有女同车，其乐如何？"

潜夫道：

"老友不要笑我了。古人说，笔下超生，你便口上超生吧！"

子美才不说了。自此，潜夫和紫芝两人的爱情更加热烈，潜夫在紫芝面前曾向伊提起婚约，紫芝也曾一度做口头上的允许，照潜夫要像旧俗行订婚的礼，送蜜糕、庚帖。可是紫芝说道：

"为这些事太觉麻烦，将来我们婚礼要和教会中一样，我父亲方可允诺，现在不必急于这些买卖式的条件。"

潜夫也是很开通的，便不强要，却送给紫芝一只金刚钻的戒指，代伊套在无名指上做订婚纪念罢了。

光阴很快，转瞬已是初夏，子美屡次接到家信和璧人等来函，要他回乡去相聚几天。子美离别吴门也有四个多月，遂决计回家走一遭，想起前番和琼芝的预约，便去看琼芝，问伊可能前去？谁知琼芝正在卧病，未能同往，自叹无缘。子美又邀潜夫兄妹去苏州一游，他们因为天热，惮于出外，所以都不能成行。子美遂独自坐着苏湖班小轮回苏，到得家里，见了母亲等众人，都自喜悦。子美又把带回来的水果、食物分送家人，次日，便到吴家和绛云楼姊妹相见。恰巧璧人校中明天行毕业典礼，这次璧人已得毕业，遂邀子美前往观礼，绛云楼姊妹柔慧、咏梅、咏絮、慕蕴也都前去。璧人穿着学士礼服，在台上受凭，很是得意。回到家中，吴仕廉吩咐家人设宴庆贺，他自己近来因为有些咳嗽，便不入席，文立人也前来，仍旧是这几个人坐着饮酒。席间，谈起清涓来，子美方知清涓自和吟秋结褵后，因为吟秋受了杭州某中学的聘请，去做教务主任，所以，连两家眷属一齐迁到杭州去，马璆不舍得和他女儿分离，也辞去了这里的教务前去。听说他们正住在西湖边上，清涓又在一个女子中学做国文教员了。子美道：

"他们夫妇都是矢志教育事业，十分可敬，唯有我却马齿徒加，一些事也没有成功。"

又问璧人毕业后有何宗旨，璧人道：

"上海有一个中学校，要请我去，但我不喜欢做教员，所以没有就聘，我想明年到法国去留学研究美术，现在从校中一个教员学习法文。"

子美道：

"前程万里，进步无量，我们大家各贺一杯。"

众人遂如言喝了，又斟一杯酒，送到璧人面前。璧人照样喝干，璧人也问起湖州的姚园，很佩服潜夫有这样毅力心志干这农林生活。子美道：

"这事我很赞成，将来不但于己有利，而可以在乡村上做些指导农人的事，不过近来潜夫新交结一班交易所里的朋友，劝他入股做投机事业，我大大地不以为然，曾向他规劝过，他受了他们的诱惑，竟不听我的说话。最近他又在情场中享那温柔滋味，不免有些懒惰，幸我很帮他的忙。"

遂把潜夫和紫芝的事约略报告一遍，众人因不认识的，也不加可否。子美见咏絮芳姿清减，众人也觉子美容貌清癯，欧阳子说：

"有动乎中必摇其精，而况思其力之所不及，忧其智之所不能……"

可怜这两人心中都是有隐痛，所以精神也减少了。子美在家乡住了近两个礼拜，却没有接到潜夫来函，天气大热，无处消遣，天天到绛云楼来弈棋谈诗浮瓜沉李，觉得咏梅姊妹貌合神离，似乎彼此有些嫌隙。子美心里明白，暗问璧人，几时可以吃喜酒，璧人却说道：

"遥遥无期，你何必代我心焦？我要问你几时吃喜酒呢！"

子美道：

"我的喜酒吗？你是吃不成了。"

璧人惊问其故，子美只是长叹。众人有时也思念柔娟，恰巧柔慧又接到柔娟来信，说豪士已就广州某银行的聘请去做行长，出月即将履任，现在赶办这里交卸的手续，到时将挈眷坐长江轮到沪，然后再乘海轮南下，并言，他们将趁这个机会来苏一晤，向祖父母亲等请安。众人得到消息，都是快活。咏絮笑道：

"我自柔娟姊出嫁以后，觉得少了一个亲爱的人，思念得很，且喜不久伊要来了，我们又可畅聚一回。"

柔慧笑道：

"你的好姊姊来了，你可以快乐些吧！"

遂持了那封信，跑到里面去告诉伊的母亲了。大家又请子美多住一月，待柔娟回来相见，但是，子美哪里等得及？预备六月底动身回湖。

一天下午，正到吴家和璧人在荷花厅上弈棋，柔慧、咏梅、咏絮都在旁边监督着，下人制冰淇淋，忽见慕蕴慌慌张张地跑来，头上汗珠直流，一面把手帕揩着汗，一面从怀中掏出一张字条，对子美说道：

"哥哥快看！"

大家不知是什么事，子美忙接过一看，乃是湖州来的电报，早已译好，上面写着道：

苏州学士街四十八号徐子美先生，潜夫投海，速来。

仲玉上

子美一见，不觉跳起来道：

"怎样……怎样……潜夫投海了？"

众人也都惊奇。欲知后事如何，请看下回。

评：

一个落花有意，一个流水无情，好看煞人。

在极风雅香艳的少年乐园里插入一段俗不可耐的市侩话，作者腕力不小。

仲玉规劝的话娓娓动听，惜乎子美不能听从，情之害人大矣哉！

一节突兀得很，不要说读者突兀，就是在下也为了心上一大跳。

第十九回

噩耗飞来洪波失知友
孑身他去蓦地见恋人

好好的潜夫正沉浸在爱情里，怎样会得投海自杀呢？不但子美等要惊奇起来，想读者也要怀疑了。且待在下慢慢地报告个明白。

原来，潜夫自子美回苏以后，天气渐热，常到他新筑的一个小轩里纳凉，在轩的前面，有个很大的荷池，翠盖红裳，清香扑鼻。紫芝已经放暑假，每天到姚园来和潜夫聚在一起，细剥莲子，快嚼雪藕，十分快乐。琼芝、仲玉有时也来聚谈，但她们也知道潜夫和紫芝是有特别关系的，所以，不常在他们两人面前，仲玉和琼芝都是喜欢看小说的，常相对坐在桐荫下看小说。潜夫种的茉莉花开得又大又多，他们每到下午，采了许多，编作花球，挂在襟上。或扎成条头戴在髻上，一阵阵的媚香，令人心神俱快。姚园地方很大，花木繁茂，虽在溽暑，并不觉得太热。夜间繁星如沙，流萤似雨，蛙吟蚓唱，风清月白，另有一种幽静，所以，紫芝、琼芝都住到姚园来避暑。

一天，潜夫兄妹和紫芝姊妹坐在荷花池旁乘凉，忽然上海发来了一个电报，是潜夫的朋友方子久发来的，潜夫不看则已，一看电报上的文字以后，不觉大叫一声，仰后跌倒。三人一齐大惊，都来扶他坐起，仲玉接过看时，才知棉花买卖大失败，输去九十多万，姓苏的朋友因为无款可缴，坏了良心，索性拆了三十万的烂污逃到东洋去了，要请潜夫火速到上海去料理。此时，潜夫早已醒转，连称："完了完了，我悔不从子美的话，反去听信方子久，自投罗网，全家产业都要不保了。"仲玉一阵伤心，也掩面啜泣起来。紫芝姊妹向他们解劝，但这事实在重大得很，也没有什么可以安慰的话了。

　　这夜，大家都是心里很急，休想安眠。潜夫一夜未曾合眼，明天遂匆匆坐船赶到上海，见了方子久，方子久把前后经过哭丧着脸诉说道：

　　"我要破产了。"

　　潜夫恨恨道：

　　"你要破产，我呢？都是你听信了姓苏的说话，怂恿我做这买卖，害得我好苦。"

　　方子久被他埋怨，也说不出话，计算潜夫一人要赔出四十五万，急得潜夫只是跳脚道：

　　"我早说过，我的家产只有三十万元，现在尽我所有不要，亏空十五万怎样赔偿得出呢？"

　　方子久道：

　　"还有半个月要缴出了，不然要吃官司，我只好把田地变卖了，吃泡饭过日子吧！"

潜夫道：

"你倒还好，吃泡饭，我连泡饭都没有吃呢！"

潜夫又去找几个朋友告诉自己投机失败的情形，他们都说：

"为数太大了，我们至多帮忙千数万数。"

有几个劝潜夫合一大会凑足四十万元，但是一则为数太大，一则世态炎凉，哪里能够成功呢？又有几个朋友知道潜夫失败，就此拒绝不见，恐怕潜夫要向他借钱，潜夫又气又恨，知道普通交友很靠不住。过了几天，只凑得四五万之数，只得垂头丧气地归来，要想把田地出卖，又去见紫芝。琼芝却说紫芝前天到上海去了。潜夫惊奇道：

"她到上海，怎么不告诉我一声？也不来见我。"

琼芝道：

"大概伊因为先生正在忙这件事，不来惊动你了。"

潜夫来不及细加询问，要紧设法救济他的破产，暗想：除非向卢汝嘉乞援了。连忙打了一个长电到北京去，隔了四天，接到汝嘉的信来，很代他可惜，并允借给他十万块钱，可向苏州汝嘉的父亲说明后，到上海中国银行提取，一面他已另有快信寄家了。潜夫一算，把田地房屋卖去，凑数也够了，那姚园还可以保存，将来徐图恢复，此次总算上了人家一个大当，可知这种投机事业绝非我们读书人所可做的。遂想：如何去卖出他的田地？忽然琼芝差人来请他前往，潜夫不知何事，便走到琼芝家里，琼芝请潜夫坐下，取出一封信来，还有一个红纸包的小方盒给潜夫，道：

"这是我姊姊昨天托人从上海带来的信，和一件小小东西，嘱我转交先生的。"

潜夫不由变色，连忙拆开读道：

潜夫先生：

　　我今天似乎不该写这封信来，加重你的痛苦，但请你要原谅，你这次行险做投机事业，为什么不早早告诉我？自然我一定要劝你不要尝试了。现在你——不幸的你，竟弄到破产地步，如何可以弥缝过去？我整整地为你哭了一夜，悲叹你的厄运，又想即使被你维持过去，将来你是创巨痛深，一蹶不振，不知何日再能恢复今日的地位。我们的婚姻因此便发生绝大的阻碍了，无论我的父亲不能允诺，便是我，虽然爱你，也不愿加重你的负担，千思万想，唯有把我们婚约取消，好在这个婚约是口头的，非正式的，取消了也没有别人知道。我和你仍是个朋友，希望你打起精神，为你的事业奋斗，将来上帝福你，自有好的境遇赐给你，请你忍耐这一时的痛苦吧！你要说我无情吗？你也该代我想想，还有别的方法吗？

　　前次你送给我的一只钻戒，我今托舍妹原璧归赵。下半年想不在乡间教书了，此地有一个宋先生，介绍我到一家银行中服务，所以请你不要记念我。他日回乡时，我当再来看你，向你请罪。我的话说完了，祝你幸福。

魏紫芝

七月十六日书于上海

潜夫气得说不出话来，把信撕为两半，再把来撕裂得一条条，又把红纸包解开，取出那颗晶莹烁亮的钻戒来，便往地下一摔。琼芝见潜夫动怒，便解劝道：

"姚先生，请不要气恼，我家姊姊本来是性子活动得很，老实说了吧！伊还有一个姓宋的朋友，在上海常和伊书信往来，我又不好向先生明言，而先生只是恋爱着伊，我早知没有好结果的。现在自从先生惨遭破产以后，我看伊心神不宁，每日长吁短叹，常对我说先生破产了，将来不知如何收拾，伊心里忧急得很。后来，接到姓宋的信后，忽然去沪，临行时，还说要来看先生，但在昨天，伊托人前来，把这信和钻戒吩咐我交还先生，我只好照办。这事我姊姊未免薄情，不该在困难的时候抛弃人家，但我劝先生不必为此事而悲伤，先生还是办理你的事情，为前途奋斗。"

潜夫一句话也没有说，伏在桌上，哭了良久，立起身来，对琼芝说道：

"世间的事我都看破了，我自问没有这种勇气和恶社会争斗，我心已碎，连一线希望都没有了。寄语紫芝，愿伊好自为之，不要也受着人家的遗弃。"

说罢，回身便走。琼芝忙从地上拾起那只钻戒，追上去道：

"姚先生，还有这件或西，请带了去。"

潜夫回头冷笑道：

"我一身尚不足惜，这种东西还要它来作甚？不过加添我的悲痛罢了，请你代我去变卖了，周济穷人吧！"

琼芝再要追时，潜夫早已走远，哪里追得及？只索罢休。潜夫回到家里，仲玉见他面色有异，便问：

"琼芝请哥哥去有什么事情？"

潜夫狞笑道：

"没有什么，只告诉我说紫芝到上海去了，一时不能回来。"

然而仲玉见哥哥说话总有些异常，很是怀疑。到了晚上，等潜夫来吃晚饭，却不见他进来，赶到书室中一看，也不在那里，忙问园丁：

"可曾见潜夫出去？"

有一个园丁答道：

"在两点多钟时，我看见姚先生走到园里，到花房四周看了一遭，遂匆匆出门而去。临行时，还长叹一声，我正在修剪花叶，没有问他。"

仲玉又命人到琼芝那里去探问，也说上午来过后没有再来，又亲自赶到城里老宅中探问，也不见潜夫的影踪，急得仲玉好似热石头上的蚂蚁一般，知道事情不妙，回到城外，见琼芝已守在那里。琼芝很忧愁地问道：

"姚先生呢？可是不见了吗？"

仲玉道：

"正是，他近来为了投机失败，天天忧急想法子弥缝，今天上午，姊姊请他去后，回家时面色很不好看，我向他询问，他却言语支离，我正在怀疑，晚上他却不见了。此时时候不早，在这乡村上到哪里去呢？"

琼芝道：

"我也因为听得姚先生失踪的消息很是发急，故而走来一问。"

212

便把紫芝和潜夫取消婚约的事告诉仲玉，仲玉听了，不觉拍案道：

"唉！我哥哥明明被紫芝一道催命符催走了，现在时候他心中何等的忧闷？再加上这件事，不是使他悲痛到极点吗？我哥哥宛如受伤的人，再禁得起紫芝的拼命一击吗？人家绝望的时候，安慰他也来不及，岂可就此脱离这种的恋爱？还有价值吗？我不知令姊对于恋爱的真谛如何解释，难道神圣的情侣也像世上的势利朋友遇到患难时便反眼若不相识吗？人格何在？良心何在？这样看来，我哥哥是凶多吉少了。"

说罢，双目滴下泪来。仲玉气怒到极点，把紫芝一番痛骂。琼芝自知理屈，两颊不由红起来，勉强说道：

"紫芝的性子太流利了，都是受了伊朋友的诱惑，贸贸然发出这封信来，不想接信的人要发生何等的感触。我姊姊做事总是这样不顾前思后地弄出这种尴尬事来，我也觉得抱歉得很。为今之计，快快派人出去追寻吧！"

仲玉道：

"今天已在夜里，到哪里去找呢？"

琼芝生恐仲玉又要出什么乱子，这夜，便伴仲玉同睡。到了明天，仲玉打发人到杭州、上海去追寻。隔了两天，忽然邮局中递来一封信，是从乍浦寄来的，仲玉一看，是伊哥哥的笔迹，心里不觉勃勃地跳动。拆开来读道：

仲玉吾妹：

余今与妹永诀矣！计此书到达之日，余身早已饱葬

213

鱼腹矣!

窃思我生少孤,兄妹二人,相依为命,幸赖先人薄产,得以优游岁月,无冻馁之虞,有志种植,遂创姚园,辛苦经营,匪伊朝夕不图厄运之来,有回无已,一误于投机失败,再误于情场失恋,我心脆薄,曷克当此重创?自维前途黑暗,希望都绝,处身于此不情之世界,尚有何味?故决志自杀,以一死了之,虽为人所唾骂,亦所甘也。我死之后,田产可变卖,以偿亏欠。姚园弃之可惜,子美兄颇有志于是,即请继续我志,海上某银行有存款三万金,留备我妹妆奁之助者,存折在铁箱中,匙在妹处,可先取之,免遭没收。至于妹之生活,已能自立,勿烦阿兄多虑,但望他日于婚姻问题宜多加慎察耳!

祖茔岁岁祭扫,亦请妹留意及之。阿兄不孝,致使后嗣斩绝,罪莫大焉!然而岂得已哉?

嗟夫!我妹妹知我。写此书时正伏案于一海滨小逆旅中,灯昏如豆,蚊大如鸟,张其利喙来饮我血,实则我身将死,区区之血,亦何足惜?特彼蚊欺人于危殆之际,似太无情耳!茫茫海波,即为余葬身之地,会当借东海水一洗此恨也。

嗟夫!吾血沸矣!吾心碎矣!昏昏然,惘惘然,将与世长辞矣!叹世上无爱我之人矣!我何恋恋为?死矣!死矣!他日哭我者唯我亲爱之妹耳!哀哉哀哉!死神已在彼伫待。

言尽于此，望妹勿为我悲痛，以增我罪孽也。

潜夫绝笔

仲玉得到这个噩耗，知道潜夫已在乍浦投海自尽，不觉哭得和泪人儿一般。姚园下人闻得主人死耗，也都不胜悲伤，潜夫的婶母也大哭不已，死尸是捞不着了，只好招魂立座。湖州人听得潜夫投海，无不同声可惜。仲玉朝夕痛哭，哀毁入骨，玉容顿时消瘦。因为潜夫遗函中要子美继续他办理姚园事业，故拍电报请他速来，又拍电报通知上海的方子久、北京的卢汝嘉、杭州的管翼德，请他们商量潜夫身后的办法。自己预先把一个三万块钱的存折藏好。

却说子美接到这个电报，惊奇莫名，很觉悲悼，连忙动身乘轮来湖。仲玉一边哭，一边把前前后后的事情告诉子美知道，子美太息不已。此时，方子久、管翼德等都到湖州，乡人很艳羡姚园利息好，都想收为己有，向方子久运动。子美自潜夫投海后，心中更觉消极，并不想和人家去争逐，等到方子久把事务办得有些头绪，卢汝嘉亦有信来，说潜夫已死，这些债务只好不足地偿还，并主张姚园仍旧由仲玉续办，并愿独助一万金，不日即将南下来湖商量。

子美遂辞别仲玉，跟翼德到杭州去了。在杭州住了半个月，天气渐渐风凉，觉得寂寞寡欢。一天，遇见一个朋友，姓何名良诚，在上海创办电影公司，邀他去佐理文牍事宜。子美不肯去，良诚道：

"我因一时没有相当的人才，老友既然没事，还请前去暂做一两个月，以后老友若不高兴做时，不妨自由离去。"

子美推辞不下，勉强答允。临行时，忽接到仲玉由湖寄来一信，信上说，潜夫的债务已料理清楚，卢汝嘉业已来湖，姚园可以保存，问子美可有意去帮忙。又说，伊很快活地报告一个消息，便是魏紫芝前日由沪返乡，忽然患着急痧，医药无救，竟长辞人世了，大概伊的哥哥地下有灵，给紫芝的报应。子美闻得紫芝病死，不觉喜道：

"天有眼睛，报应不爽。"

遂写一封回信去说，自己为友人所邀至沪，服务姚园的事不能前来相助，至为抱歉。又写两封信到苏州去，一寄璧人，一寄慕蕴，报告自己近状，遂和何良诚别了翼德夫妇，来到海上。良诚的电影公司设在爱多亚路，公司中自有许多男女演员，以及导演、摄影等人，子美却专司文牍，对他们一无交际，每天下午没有事的时候，却到黄浦滩边去散步。星期六、星期日常到卡尔登、奥迪安、夏令配克等电影院去看电影，兴致阑珊。

一天下午，在写字间处写了几封信，很觉麻烦，那写字间的沿窗下面便是马路，窗外有很阔的阳台，子美抛了笔，走到阳台上，倚阑闲眺，见爱多亚路两旁来来往往的汽车多如过江之鲫，申江繁华，可见一斑。忽见那边一辆包车上坐着一个丽人，穿着一件蜜色旗袍，很快地拖过去，那丽人偶然抬头向那边阳台上一看，子美不觉喊声："哎呀！不是秀君还有谁呢？"那时，车已去远，子美的心脏不觉激荡起来。欲知后事如何，请看下回。

评：

贪夫殉财总是潜夫自己利心重，也怪不得方和苏啊！

利场失败，还可以不死，加着情场也告了败衄，如何可以不死？

看到此处，便想子美的话毕竟有些骨子。

这一节也很突兀，不过一样突兀，有两种性质，一种是惊，一种是喜。

第二十回

一封书秋气困人
两行泪春蚕作茧

　　天下有许多事往往出于不料，为祸为福，局中人也不能前知。幸运的人不论到什么地方都成就美满的事，不幸的人不论到什么地方都揶揄有鬼，求福得祸，而情网笼罩之下，网中的可怜虫如飞蛾投火，自己没有自主的能力，完全听造物的遣驱罢了。

　　子美目睹倩影，像惊鸿一瞥，未能端详，然而容貌态度确似秀君，不知秀君前在天津怎会到上海来？又不知伊在这一抬头的时间可曾看见我吗？伊的近况怎样了？伊还能想念着我吗？伊住在什么地方呢？凡此种种问题，都在他的脑中回环，思想个不休。这天以后，他请了假，到马路上整日价地乱跑，跑到晚上，疲倦得不成样子，倒在床上，这样过了几天。

　　这天正是星期日，子美一早又出去跑街，才走到西藏路一品香大旅主的转角旁，遥见前面一辆人力车转到三马路去，车上坐着个女郎，穿着一件蜜色印度绸旗袍，纤长的身材，依稀是秀君。他遂不假思索，立刻追上去喊道：

"密司赵，密司赵，到哪里去？还认识我吗？"

那女郎听有人在背后叫喊，忙喝令车夫停住车子，回过头来，并不认识子美，便娇声问道：

"先生何事呼唤？恐怕误认了人吧！"

这时，子美已看见那女郎的面貌，并不是秀君，不觉两颊涨得通红，忙称：

"得罪得罪，我认错了。"

女郎嫣然一笑，命车夫快向前跑，飞奔而去。子美自知冒失，很觉没趣，重向南京路走去。走到一乐天，在楼上阳台旁泡了一壶茶，坐着瞧看两旁来往的汽车、电车、人力车，看了一歇，觉得有些头眩，心里烦躁起来，遂付了茶资，走出茶楼，喊了一辆人力车，坐了回到公司里。却见自己的写字台上放着一封紫罗兰色的书信，信面上写着："本埠爱多亚路某某电影公司转交徐子美先生亲启"，旁署"秀缄"。子美捧起那封信来，先和这信面亲了一吻，他明知是秀君寄来的了，前天所见的果是伊人，她竟不忘故交，先以书来，使他惊喜异常，连忙很郑重地拆开了。信中有四张紫罗兰色的信笺，用铅笔醮着蓝墨水写的，字迹细小，一望而知是秀君的手笔，遂双手捧着，如获至宝，徐徐读道：

子美：

你今接到我的信了，不知道你还是可怜我呢，还是鄙弃我？不过我写这封信时，我的悲痛达于极点了。我用心里的话写出来，我用血泪浇灌它，所以句句都是血泪话。

我亲爱的朋友，愿你读了，原谅我的苦衷，哀怜我的沉沦，当知天下还有我一个可怜的女子在人间地狱过那不自由的光阴。

唉！我以前的事，想翼德早已告诉你了，不知你对我有怎样感想？我知道你是多情的人，必能怜惜我，可惜在那时被环境压迫，我们不能通信，无从达我们相思之忱。因此你哪里知道我以后的苦况呢？

我的家庭是桎梏式的，我的父亲是专制式的，而我慈爱的母亲早已撒手人寰，抛弃了伊的弱小的爱女，在继母手中过生活。我在上海求学，半途中止，是父亲听了继母的话，使我断绝学费的供给，挫折我好学的志向，后来，在表姊处居住，始得稍稍呼吸些自由空气。不料父亲扫墓至杭，听信了人家的谗言，把我强逼到天津去。那时，我心中不胜苦痛，知道我又要去桎梏式的家庭里受苦了。我不敢和你通信，诚恐弄出事来，我的名誉攸关，而我父亲绝不肯轻易饶赦我的。他们都是十八世纪的头脑，我虽不和你通信，然而心中无时不思念你，楼头望月，灯下怀人，我的一颗心已牢系在你的身上，永远不能忘掉。后来，我父亲听了继母的话，把我许配给一个政客，面长面短，我都不知道，岂不是桎梏式的婚姻吗？我恨不得一死干净，但不知怎样地，心上终想和你再见一面，把我的苦痛向你尽情说一说，然后死而无憾。后来，接到表姊的信，知道你十分念我，常常向他们探听我的消息，他们恐你伤心，所以不曾告诉你，这是我叮嘱他们守秘密的，你能原谅我吗？

正月十五那天，是我一生最苦痛的纪念日，三月里，我又在天津世界大旅社和倪世琛结婚了。我不慕荣利，平生最反对的是那些祸国的政客，说他们的心都是龌龊透的，怎么去和政客结婚呢？这不是儿戏吗？婚姻是人生何等重大的事，不自由的婚姻，断送了我一生的幸福，我却被人家压逼着做他人肉欲上的玩物，真是痛恨极了。此后光阴可说无日不在奈何天中，我也不忍细说，总而言之，是极可耻辱极可悲痛的了。

倪世琛的为人，声容笑貌都像《官场现形记》中描写的人物，我万分不情愿有这种人做我的丈夫，他的年纪已有三十七岁，娶我做续弦，听说他在外边另有三四个姨太太，都是青楼中出身。我恨我父亲糊涂昏聩，竟不惜把他亲生的女儿肮脏地胡乱送给人家，所以我每日哭泣，不肯好好对他。他见我这种情形，也明白我的心理，虽用种种好话来骗我，我终不去睬他。

结婚后不到一月，他因有事南下，将要做道尹，把我带到这里，租了房屋住了，不料受了某人打击，未能上任。前月他又到京中去谋什么优缺了，我不肯北上，要求常居在此。他不允，我坚执不去，他遂许我住到六月边再来接我。我想要到苏州来探望你，但我又无此胆力，想不到前天从我哥哥处回家，路过爱多亚路，忽于无意中瞧见你在阳台上眺望，你的俊秀的风姿，在我脑中是不会忘掉的，一定不会误认。过后便托人来探听，果然是你，便不揣冒昧，写这很长而很累赘的信给你，不知道我亲爱的朋友，还不忘我这薄命女子吗？

光阴很快地过去，前尘影事，时常萦绕在我的脑海里，想起去年我们在杭州相聚的快乐，还在眼前，然而时异势迁，竟像一梦了。我记得和你游孤山时，凭吊小青墓旁，不胜悲感，你曾用温馨的说话来安慰我。南浦送行的时候，依依不舍，我的心中真是说不出的凄惶，不料就此一别之后，我已走入苦痛之门。恶魔张开他的利口，要吞我下去，我有什么能力去和他奋斗呢？往尝读哀情小说，凄然欲泣，对于书中叙述的悲剧内的主角，深表同情，很代他们悼惜，而叹好事多磨，大错易铸，如今我也是悲剧中的主角了。可有谁来悼惜我呢？

唉！我的身体已如残花败柳，不足宝贵，但我的灵魂自问尚不失去贞洁。我的爱情前次输给了你，没有再送别人。倪世琛只好污我身体，不能污我灵魂，夺我爱情。我的心中仍藏着我亲爱的朋友，不知道你要笑我骂我，还是可怜我呢？我很希望和你再见一面，此处没有什么妨碍的人，只有两个女佣、一个车夫，他们不知道我们底细的，可以自由出入。不知你愿意和我相见吗？我现住在六马路乐善里一百十二号门牌，望你接到信后，来此一见，不胜盼望。好了，我写得很累赘了，其余的话留待面告。即祝安好！

秀君

五月二十七日

子美接到秀君的信后，又喜又忧，喜的是自以为今生和意中人万难再见面了，现却相距不远，可以重亲芳泽，忧的是今日的秀君非复昔比，若和伊去相见，难免瓜李之嫌，且恐从此多事不能摆脱。子美在室中踱来踱去地想，想了长久，决计要冒险去走一遭，前途的是非利害不暇深计了。这时，有人来请用午饭，子美把信折叠好，藏在怀中，走下楼来，和公司里的同事吃饭。饭后，到憩息室里休坐，大家看报的看报，谈话的谈话。子美坐在沙发上，取了一张《新闻报》，胡乱看着，心里却仍想念秀君。大家看他心绪不宁，也不知他为了何事，子美看了一会儿报，听壁上钟已敲两下，遂坐起来回到楼上，要想坐下写字，但觉心中好似有着重大的事，什么事都懒做法，再也忍耐不住了，遂立起来走到寝室里，换上一身西装，出了公司大门，向六马路走来。寻到乐善里一百十二号，见是一个新造的石库门，门上挂有一块铜牌，上刻"倪寓"两字，知道意中人便在里面了，心里不由忐忑起来。等了一歇，壮着胆上前叩门，只听里面答应一声："来了！"门开时，见有一个小大姐，梳着一个辫子头，穿着一身白洋布的短衫裤，笑嘻嘻地问道：

　　"少爷，来找谁的?"

　　子美红着脸问道：

　　"你家少奶奶可出去吗?"

　　小大姐连忙答道：

　　"没有出去，少爷请里面坐。"

　　便把门关上，引到东边一间客室里，请子美坐下，说道：

　　"少爷可是姓徐吗?"

子美道：

"正是。"

小大姐道：

"请宽坐，我去通知少奶奶。"

遂回身出去。子美一看室中陈设精雅，都是白漆器具，壁上挂着图画，有一个放大半身照是一个很胖大的男子，留着菱角胡须，年纪有三十多岁，不知可是倪世琛的肖像。子美正在猜想，却听脚步声，秀君走进室来，穿一件印花绸的单旗袍，白色的跑鞋，梳着一个横爱丝髻，一见子美，便道：

"徐先生，我们长久不见了，身体安好吗？"

子美带笑答道：

"顽体康健，密司赵……"

说到"赵"字，却缩住口，改说道：

"女士玉体如何？"

秀君道：

"多谢，我常有失眠病，身体也比以前软弱多了。"

说罢，盈盈欲泪。子美看秀君芳容有些清瘦，两颊不似以前的红润了。秀君也看子美形貌憔悴，猜想他心里也一定不快活。二人遂面对地坐在一张圆台旁，台上银瓶里供着一簇蔷薇花，花叶鲜妍，小大姐用玻璃杯献上香茗，遂即退出室去。两人这才絮絮地互问彼此近况，心中备觉酸辛。秀君说到苦痛处，常把手帕去揩着眼泪，子美只恨无法安慰伊。秀君又道：

"我虽遇见了你，怅触前尘，更觉悲痛，然而使我颓堕的精神重又振作起来，所以，甘冒不韪通信，请你前来。我此时没有别的希望，但求多和你聚在一起，常使我心中得着安慰，因为今日的我已非昔日的我，昔日的我有一种处女羞，至于现在，我已受过极大的打击，性情亦变，对于这个世界视为无情的世界，只依恋着你一个人，为了你，我什么都情愿牺牲。你今日前来，足见仍不相忘，一切事请你不必为我过虑，我们能得相见，此后光阴都是多的了。"

子美听秀君的话沉痛得很，大为感动，也道：

"我自在翼德兄处听得女士种种痛苦情状，深为悲愤，却恨没有能力可以援手，以后常觉闷闷不乐，觉得我的人生观是烦闷得很，不能解决的。痴情一缕，仍萦绕在女士身上，但天涯海角，何时能得再见？不想邂逅于此，很是快慰，然听女士自述身世，则又荡气回肠，不能自已了。"

秀君听子美说话，双目向子美注视着，似乎很感激他，于是秀君又请他到楼上去观看。子美跟着上去，见秀君房中都是红木器具，收拾得窗明几净，华贵富丽。看了一遍，回下楼去，幸亏那些女佣都是上海新雇姝，不知道他们的底细，秀君便留子美用了夜膳而去。从此，子美时常到秀君处来，谈到深夜始去。星期日，有时和秀君双双出去看电影、吃大菜，两人不顾什么嫌疑，一味恣意寻乐，但是这暂时的乐总有一个末日。这样地过了二十多天，两人的末日到临了。

原来，倪世琛在北京找到了财政部里的优缺，差一个下人到上海来要接秀君到北京去，秀君早已知道有此一日，不过觉得早些，遂命下人稍待数天，待伊慢慢掮挡行李，退还房屋，然后一同北上，下人自然诺诺连声地退去。秀君连忙赶到子美处来说道：

"我和你去游法国公园，有话和你讲。"

子美见秀君面色有异，不便多问，遂跟伊出门，唤了两辆人力车，坐到法国公园，子美付了车资，携着秀君的手蹑进园去。那时，秋色满园，凉风送爽，有许多西国人在网球场上拍球。两人向前走去，走到绿荫深处，秀君忽然紧握着子美的手说道：

"我有一个恶消息很不情愿报告你听，但不能不报告的。"

子美急道：

"什么话？快快告诉我。"

秀君道：

"我和你相聚没有多日，又要分离了。今天他命下人来沪要接我到北京去，其势不得不行，然而此去不知何日再能见面，我若再到北京时，我也不久人世了。这样地活不如死，我志已决，所以敢这样大胆和你来来往往，不怕人家嫌疑。"

子美听了这话，面上很忧愁的，只是跌足叹气。良久，迸出几句话来道：

"这种别离的痛苦滋味，我还要尝第二遍吗？老实说，我在这个世上若没有了你，我也觉得无味了。你是我灵魂寄托之所，若然丧失了你，我更有何依恋？今日的我也不顾想到别的了，所以情愿到你地方来和你周旋。我今不忍听这个恶消息，也不忍再见你离开了我的身边往北方去。唉！秀君，你将何以慰我呢？"

秀君强颜一笑道：

"这是不可逃免的，我们不必去谈它了。我要求你在这几天中和我尽情欢乐，那么虽死不恨。我想和你再到杭州去畅游一回，不知道你可有意吗？"

子美对伊瞧着，很奇怪地问道：

"你要到杭州去吗？"

秀君点点头，子美道：

"好的，你要到什么地方？我终伴你去便了。"

两人遂约好明天早上动身到南火车站相见，又谈了许多话，子美心里很觉难过，无心观赏园中风景。到天色晚时，二人走出公园，握手而别。子美回到公司里，夜饭也吃不下，心里好似搁着一块大石头，不晓得这事怎么办法，忽接到苏州吴璧人的来函，说豪士夫妇即日将来沪转苏与故人一叙，请他于某日先在上海码头上欢迎，然后一同到苏相聚，但子美正有重大的事，叹了一口气，把信搁在一边，自去收拾行箧。一到明日清早，便写了一张条子留给何良诚，向他请假数天，坐了车子，赶到南火车站，却见秀君已挟着一个小皮箧在那里等候，眼圈微黑，好似一夜未睡的样子，见子美前来，向他微微一笑，子美遂和伊候了好久。开车时候已到，买了票，一同上车，汽笛一声，向杭州飞驶去了。一站又一站，过得很快，下午，两人已到杭州，便住下湖滨旅馆。因为此来是秘密的，所以不去拜望翼德夫妇，只是向山水佳处连日遨游一天，重游孤山，过小青坟旁，秀君触景伤怀，却在小青坟上大哭一场。

此时，两人伤心万分，已如狂易，回到旅馆中，命茶房去沽了几斤好酒，烧了许多样数的菜，两人在房中对饮，一杯一杯地喝得两人都醉了。秀君倒在子美怀中呜咽饮泣，子美用舌去舐伊的眼泪，自己的眼泪却滴到伊的红玫瑰般的粉颊上去，两人只是哀叹。后来，吩咐茶房收去残肴，闭门安睡，那茶房见两人情景，有些奇异，以为或是有些失意的事罢了。等到明天早上九时还不见开门，平常日子起身很早的，何以这天如此迟慢呢？难道都醉倒了吗？又守了一刻钟，茶房忍不住了，取了钥匙，开门进去一看，不觉极声大叫起来。欲知后事如何，请看下回。

评：

　　子美错认秀君，奇绝！但是下面紧接秀君的信，文笔一点儿也不肯平淡。

　　离而复合，自是可喜，合而复离，更觉难过。

　　子美、秀君两人的死是死于不良的婚姻制度，但是我说两人还没有勇气去奋斗，所以走这条末路。作者字里行间无限深惜。

　　大叫起来，为着何事？不必细说，凶多吉少。

第二十一回

航海同舟凶占灭顶
疗兄刲臂诚可格天

　　门外还有几个茶房，听得那茶房大惊小怪地喊叫，一齐跑进来，却见床柱上双双系着一对男女。原来，子美和秀君自缢毕命了。众人要想上前解救，已是断气，连忙报告账房先生知道，账房先生听得自己旅馆中出了人命，大吃一惊，便跑到楼上房间里细看，见桌上安着几封信，内有一封信上写"烦送本城长庆街西泠美术社管翼德先生亲启"，遂命茶房赶快送信前去，一面又去报告地方官厅。

　　此时，旅馆中人大家听得消息，都来观看，小报记者也一个个前来刺探消息，然而对于两人自杀的原因，都像丈二的和尚摸不着头脑，有些旅客说：

　　"我们近日常见这两个人在湖上遨游，怎么自杀起来？大约是有恋爱关系了。"

　　管翼德正坐在家中绘一幅画，茶房送进那信，翼德很觉奇异，拆开一看，不由掷笔惊起，大呼："孽哉！孽哉！他们竟肯

这样牺牲吗?"原来,这信上写着道:

翼德知友大鉴:

余今与贤伉俪永诀矣!秀君,余所心爱之人也。重来崔护,人面已非,得闻彼姝家庭苦况与不祥之许字消息,此心苦痛已极,不意今在海上与秀君重晤欢聚兼旬,而恶魔又将使我二人分离,遂偕来此间遨游河山,以图旦夕之欢乐,而愿同命双死,牺牲一切。盖既不得自由之恋爱于生时,而永远苦痛,则毋宁脱离此尘世之躯壳,俾得自由之灵魂,双双仙去。骂我、笑我、怜我、罪我,所不计也,诚恐外人未明真相,故留书奉告,愿君顾念昔日友谊,即来收拾我侪之臭皮囊,乞设法同葬于西子湖畔,幸甚感甚!箧中有三百金,即请备棺木费,家中亦有留书,请代付邮。

嗟夫!老友。人生世上,亦一刹那间耳,我两人精神一贯,爱情相通,故愿一死无憾,盖我两人今日亦不得不死矣!夫复何言?别矣!吾友。生死异途,幸勿为我悲也。

徐子美绝笔

翼德持着信奔到里边,告知他夫人,翼德夫人听知两人死耗,不觉泫然泪下,说道:

"好苦命的秀君,竟这样地惨死了,都是你们构成伊的,专

230

制的婚姻实在不是为儿女谋幸福，反而送上死路啊！"

翼德道：

"我们快到湖滨旅馆里去吧！"

两人遂匆匆出门，坐着车子赶到旅馆里，见地保和警察已在看守，子美和秀君的遗尸也横陈在地板上，面色如生。翼德夫人一阵伤心，俯倒在秀君的尸旁放声痛哭，翼德目睹惨状，止不住频频挥泪。警察上前询问两人是死者的谁人，翼德向他们说明，又把信给他们看了。桌上还有三封信，一封是给当地官吏的，说明他们自愿一死，为旅馆声明无罪，并言为爱情不遂而自杀，并无别种关系，是子美和秀君两人同署名的。其他两封信，一寄家中，一寄吴璧人，翼德都命茶房去寄快信，又和账房先生商量一过，遂去要求官中免验，既有子美、秀君的遗书，又有翼德出来料理，当然可以免予相验。

这时，几个报馆访员围住了翼德，探问死者生前的状况，翼德正忙得不可开交，幸有明德也来了，略略告诉了几句，便和明德预备收殓二人的事。明德出去买棺木，翼德夫人把皮篋打开一看，果然有三百元的纸币一束，还有十多块零碎的洋钱，便代收藏下，免得被人家取去。下午，唤了漆作鼓手等来把二人下棺收殓，送到定慧寺去厝寄。翼德又代算满了房饭钱，然后和他夫人兄弟明德回去，都不胜悲悼。晚上，翼德写了两封快信，一寄秀君的父亲，一寄子美家中，详述二人死状和收殓等事，并言两人曾有遗书，要求死后合葬，还请一同商量，可能如愿。

且说子美的遗书寄到家中时，慕蕴先接到，拆开一看，不觉心痛欲裂，顿足痛哭。子美的母亲哭得死去活来，徐则诚听得爱

231

孙死耗，不禁老泪迸泻，号啕大哭，一门哭声沸天，十分惨痛，但是子美的灵魂不知到了哪里去，若见家中伤心痛哭，不知要怎样地难过呢！慕蕴遂跑到吴家来报信，哪知璧人也已接到了子美的快信，绛云楼姊妹都代子美痛惜，柔慧更觉子美的死自己也有间接的罪，因为伊若不拒绝子美的求婚，子美未必到杭州去，子美不到杭州，便不遇见秀君，哪里会有今天这样的结果呢？所以，伊和慕蕴相对而泣，泪下如雨。咏絮道：

"子美兄，大好青年，为情牺牲，真使我们不胜悼惜，柔娟姊姊不日要来，他们若得知这个消息，一定要和我们同样的悲痛。"

柔慧道：

"爱情这样东西，譬如水，水能载舟，亦能覆舟，摇舟情海中的，安保他不有覆舟的危险呢？我所以不愿言情，便是为此，人家却怪我是矫情了。"

慕蕴只是哀哭。晚上回家，向伊母亲要求自愿前去迎柩，伊的母亲因为无人前往，只好答应，另派男女下人各一，护送前去。慕蕴遂于次日动身来杭，先到西泠美术社，见了翼德，翼德夫妇竭诚招待，遂把经过的事略述一遍，并把子美给他的遗书给慕蕴读，所以慕蕴不能迎柩回乡，也不能预备合葬的事，须得倪家的许可，然后可以遵办。

此时，杭州、上海的报纸上都沸沸扬扬地记载两人情死的新闻。何良诚不料子美到杭州去是和情人去自杀的，忙赶到杭州来吊问。谢吟秋和马清涓得知消息，不胜惊异，马璆更是太息不已，清涓又闻慕蕴来杭，便来看伊，相对凄然，还有湖州的姚仲玉和魏琼芝也都闻讯赶来。翼德便伴她们到定慧寺去，大家见了灵柩，都抚棺大恸，慕蕴更是哭得伤心，哭了良久，翼德夫妇上前劝住。大家都到小方厅上坐下，谈起两人的事，仲玉第一个叹气道：

"不料我哥哥死后，子美兄又是为情牺牲，好好两个青年，这样惨死，铁石人闻之，也要泪下。"

清涓道：

"子美兄本在苏州，不知怎样的跑到杭州来，情丝所缚，无可逃免，看来其中自有一段孽缘。"

翼德道：

"我早知子美和秀君已有恋爱了，后来，秀君到天津，伊的父亲又把伊许配给人。子美二次来杭，我把消息告诉他，以为他们两人的情丝总可中断了，谁知子美沉溺情海不能自拔，复在海上邂逅秀君，因此固结而不能解，遂有前天的惨死，冥冥中似有主宰，所以，青年人对于用情不可不谨慎了。即如仲玉女士的胞兄潜夫，也是我们的老朋友，一样为了情而牺牲。茫茫情海，不知其中有许多可怜虫惨绿愁红，珠沉玉碎，天下多情人听知，当同声一哭。"

说罢，仲玉和慕蕴忍不住珠泪双抛，把手帕去掩住。吟秋道：

"我们可在此间开一个追悼会，以尽我们友人之谊，你们赞成吗？"

翼德道：

"赞成。"

于是，大众公举吟秋和翼德做筹备委员，两人即日着手预备。隔了三天，便在定慧寺开追悼大会，有翼德的演说，仲玉的祭文，全体唱的追悼歌，慕蕴的答词，同申哀悼。追悼会后，仲玉和琼芝告辞回乡，琼芝又告诉翼德夫妇，说仲玉已和伊哥哥的知友卢汝嘉订了婚约，姚园却有汝嘉的友人姓李的来继办。只可惜自己的姊姊听信宋毋我的煽惑，向潜夫悔婚，演成惨剧，伊为了此事，心中时常悲痛。翼德夫妇听得仲玉已和卢汝嘉订婚，很觉安慰。仲玉、琼芝和慕蕴、清涓一见如故，分别时，颇觉依依不舍，送至轮埠而别。慕蕴又住到清涓家里，去拜见马璆夫妇。盘桓数日，方接到北京、天津两处回信，都因秀君随人私奔和情人双缢，有玷家声，不承认伊是自家人了，随便这里怎样办法，他们都不管。翼德接到信后，便来告知慕蕴说道：

"这事容易办了，请女士回去禀知堂上，然后购地营葬，有需我相助的地方，无不力助。"

慕蕴遂定明日还苏，清涓和翼德夫人送到车站，看车开后而回。慕蕴回到苏州，告知伊的母亲，遂写信去托翼德购地，徐则诚又代孙子择日在隆庆寺中正式开吊一天。其时，豪士夫妇业已来苏，豪士的母亲和妹妹却没有来，绛云楼中很觉热闹。豪士和柔娟得悉子美情死惨状，也各潸然泪下。

开吊的那天，大众都到隆庆寺来拜唁，慕蕴因为死了子美，一些没有兴致，文立人也到上海做事去了，只有璧人和柔慧、咏梅、咏絮伴着豪士夫妇去游了一次天平山，豪士因为广东又来了电报，不得不早日前去。柔娟无奈，只得听从豪士的意思，预备束装南下，璧人和柔慧、咏梅、咏絮送他们到上海。临行时，吴仕廉和文氏都有些不忍分离，柔娟本来豪爽的，至此，也不觉泪下，硬着头皮而去，璧人等送至上海，即在美丽川菜馆饯行。那时，汪琬、立人闻得消息，各来相见，畅游了两天，轮船出口期到，众人又送他们两人到轮船上，谈了一刻，然后离船回去。咏絮一路走一路回头望着那轮船，眼泪不觉簌簌地落下来。璧人等又住了一天，才向汪琬、立人等告辞回苏。咏絮在柔娟来时，精神顿觉畅快，等到柔娟走后，心中又觉不快活起来，柔娟在苏时，曾和伊的母亲说过，几次要把咏絮配给璧人，文氏也向璧人探过几次口气，心知璧人对于咏梅姊妹的感情比较上和咏絮亲密些，也有些回心转意，预备和吴仕廉商量一番，即便发表。

一天，咏絮和璧人在碧桃轩看书闲谈，咏梅走过来，见他们亲热的样子，别转身便走。咏絮听得脚声，以为什么人来了，却没见人来，便走出轩看时，见咏梅的背影转到回廊背后去了，不得已，回进轩去，面上顿现不快的样子。璧人忙问：

"怎的？"

咏絮道：

"我姊姊走到轩外，却又走回去了，不知是什么道理。她近日对我很觉冷淡，我自问没有开罪于伊啊！"

璧人劝道：

"咏梅大概因为有事所以不来，你也不必多心。"

咏絮把书卷一抛，也走到里面去了。璧人很觉没趣，遂信步走到文氏房中，却见咏梅正伴着他母亲讲话，便愤愤地问咏梅道：

"适才你走到碧桃轩来的吗？"

咏梅道：

"正是。"

璧人道：

"你为什么不进来，反而走回去？伊便生气走了。"

咏梅冷笑道：

"你不怪伊，却怪我啊！我本因柔慧姊正在作画，所以想来看你弈棋的，走到轩前，见你们也在看书，不敢惊动，所以走回来和舅母闲谈，伊为什么要走呢？前天我还记得你们两人在醉月亭弈棋，我走来旁观，帮了你一下，伊输了，便怪我不该多嘴，也是悻悻地一走，害我讨个没趣。今天所以走回来，难道又是我错了吗？来也不好，不来也不好。"

说罢，将头别过去，盈盈欲泪。文氏道：

"咏絮这女孩子脾气比较大些，我冷眼看伊，常常容不得别人，你们是亲生姊妹，你是伊的姊姊，你便让了伊些吧！我总知道的。"

咏梅点点头道：

"可不是吗？我听舅母的话绝不和伊计较便了。"

璧人哑口无言退出去，回到小琅环斋，自去读他的法文。这夜，咏絮心中好生不快活，睡在床上，蒙眬间，见房门开处，走进一个女子来，定睛一看，却是柔娟，不觉大喜，跳下床来，握住柔娟的手道：

"我自姊姊去后，很不快乐，今天又回来了，我们可以常聚在一起。"

却见柔娟对伊哀哭，说道：

236

"妹妹，我们今生不能见面了。"

咏絮惊问道：

"怎么这样说？"

却不见了柔娟，睁开眼来，乃是一梦，心里以为不祥，又不好去告诉伊的舅母，只和柔慧说起。柔慧道：

"我昨夜也是睡不着，半夜方欲睡去，忽听隐隐哭泣之声，惊醒听时，又不听得，不要柔娟真的有什么大祸！"

两人很是疑惑。隔了一天，柔慧等正伴着文氏在曼陀罗室里闲谈，忽见璧人气急败坏地跑进来，手中持着一张报纸，只是发抖，口里连说：

"柔……柔娟……"

柔慧忙过来夺他的报纸说道：

"什么事？快说！"

璧人道：

"柔娟妹坐的船不幸触礁，他们两人的性命一定不保了。"不觉失声痛哭。

柔慧等齐看报纸，上载着"永兴轮行至福建海面失慎触礁"新闻，并云"全船沉没，无一幸免"，永兴轮便是柔娟夫妇坐的船。文氏听得女婿和女儿都遭灭顶之凶，不由放声大哭，众人也一齐痛哭。一霎时，哭声震天，外边吴仕廉进来询问，一看报纸登的新闻，万分伤心，他年纪已老，哭不出了，只是干号。柔慧恐怕祖父气坏，忙过来扶住老人，咏絮哭得在地下打滚，方知昨夜柔娟的灵魂果然回来的，想起"今生不能见面了"的一句话，肝肠摧裂。璧人又去拍电报到上海轮船公司中去，探问果是实情，公司中已派船去打捞了，然而豪士夫妇的尸骸哪里会得打捞着？恐要葬身鱼鳖腹中了，不得已，又拍电报到汉口去报告，汉口回电说："也已惊闻噩耗。"豪士的母亲哭得几乎死去，现在那边要招魂立座了。文氏自从柔娟死后，天天哭泣。璧人和柔慧等姊妹情深，也是不胜哀毁。咏梅姊妹也时时下泪。咏絮更觉十分伤心，哭得卧病在床。吴仕廉近来时时生病，今又受此痛心打击，不觉老病大发，气喘连连，璧人等发急，忙请著名医生前来诊视，但因年老难治，又病不受药，在床淹缠了半个多月，竟寿终正寝了。

璧人姊妹又是抢地呼天地痛哭，忙着预备丧事，宅中内外都扎着白彩。慕蕴初时听得秀娟夫妇噩耗，非常悲悼，后来又接到吴仕廉的丧条，便跟伊的祖父则诚前来拜吊。马璆在杭得讯，不胜黄垆之痛，因清涓有孕，不便外出，便独自来苏，到仕廉灵前吊唁，住了几天回去。璧人等在七期中忙忙碌碌做佛事，到终七出丧，吴家的坟地是在善人桥边，接着赶办落葬等事。璧人赶东赶西，十分辛苦，加着叠遇伤心的事，哀痛入骨，受足了风寒，在此冬令，生起伤寒症来，十分沉重，文氏又发急万分，暗想：福无双至，祸不单行，今年下半年真好晦气，死了女儿、女婿，又死公公，现在璧人又病了，万万不能再生变故，忙请名医前来诊治。咏梅、咏絮姊妹俩常到璧人房中去服侍汤药，咏梅更献殷勤，无时无刻不在璧人身旁，夜间往往守到十二点钟，过后才回清芬馆安睡，有时见文氏不乐，又在旁劝解。咏絮见诸事有咏梅抢着做，很不高兴，不去和伊竞争，但时时到璧人榻边慰问。柔慧也抑郁不欢，勉强劝慰伊的母亲。璧人病中时见咏梅端药进茶，十分体贴，咏絮来时，见伊形貌瘦削，蛾眉深锁，毫没有一些笑容，不似咏梅那般的笑颜奉侍，因此很觉感激咏梅。

有一天，病最沉重，医生束手，众人私自哭泣。咏絮一个人在室中哭得两眼红肿，像胡桃般大，忽然好似想着什么，便等人静时在天井中设下香几，点了三支香，当天叩拜，虔诚地祷告。祷罢，便取出一把洋刀，跪在地上，卷起衣袖，咬紧牙齿，嗖地从伊玉臂上割下一小块肉来，鲜血直流，赶紧把布扎好伤处，撤去香几，回到里面，把肉包好，悄悄地走到璧人房中来，见室中寂静无声。一个小婢在外边坐着打瞌睡，药在一边煎着发滚，便上去把那块肉放在药罐中，走进房来。又见咏梅坐在璧人床沿上，两眼注视着台上的一盏绿纱罩的电灯，不知想什么事的。璧人却鼻息呼呼地睡着。咏梅忽见咏絮走进，忙立起身来说道：

"妹妹没有睡吗？"

咏絮点点头，便拉着咏梅的手走到房门口，低低说道：

"姊姊，今夜的药中有我割下的肉一同煎着，请你给璧人哥吃时不要被他知道，适才我当天祈祷割下的，这是完全出于自愿，我们姊妹两人知道，不要告诉人家。"

咏梅道：

"很好，我准代你严守秘密，但你割去了肉，不觉痛吗？"

咏絮道：

"哪有不痛之理？我也顾不得了，此时我很觉寒冷，要回去安睡，这事拜托你吧！"

咏梅点点头，咏絮走回去了。咏梅等了一刻，知药将煎好，便出去倒药，暗暗将咏絮的肉抛在痰盂中，恰巧柔慧走来，咏梅端着药和柔慧一同进去，唤醒了璧人，请他吃药。璧人把药喝下，重又思睡。

这夜，有柔慧陪着，让咏梅去睡。咏梅回到房里，见咏絮早已睡着，一摸伊的额上，有些发烫，知道伊要发寒热了，心中也觉好生不忍，很佩服伊的热诚，叹了一口气，也就脱衣安睡。欲知璧人服了这次药后，能否转危为安，咏絮的诚心能否感动上苍，有助药性，使璧人得以救愈，请看下回。

评：

情场失败即易自杀，呜呼！情之魔力大矣哉！

几封绝命书是一部哀情小说的结晶。

柔慧虽是有先见之明，但是伯仁由我而死，作者要伊自己微露觉悟，何等刻毒？

梦之为物，奇妙之至，不能说作者迷信，读者倘然经历多，自然要说天下之大无奇不有。

又是一种死法，死亦多术矣！

剜肉何等不人道？但是在中国旧道德中间却有很大的价值。

240

第二十二回

沧海珠沉美人化碧血
青衫泪湿春梦结新书

古人云：不诚无物。又云：诚则灵。咏絮刲臂和药，一片诚心，精神所至，金石为开，所以璧人服药以后，顿觉舒畅，到得明天，医生来诊视时，病已转机，又代他开了一张方子。文氏、柔慧见医生说璧人可以无恙，又见璧人精神似乎比较昨日好些，很觉快慰。咏梅知道都是伊妹妹的功劳，但咏絮却睡在清芬馆里，因为臂上疼痛，发起寒热来，咏梅遂去告诉咏絮，说璧人的病轻松些了，咏絮十分快活。咏梅又问：

"伊身体可觉适意？"

咏絮道：

"些些小痛，不足忧虑，想我舅母只有璧人哥哥一人可以传宗接祀，而璧人哥哥又待我很好，况我们两人都受吴家恩德，我虽牺牲性命，只要救得他好，也是愿的。"

说罢，双目流下泪来。

咏梅听伊妹妹的说话，也觉心中恻然，安慰了几句话，然后出去告诉柔慧和文氏说：

"咏絮又在发寒热。"

只不把这件事告诉出来。大家也到清芬馆来看咏絮，唯有郑妈本来见恨咏絮的，常在文氏面前捏造谣言媒孽咏絮，今听咏絮生病，十分欢喜，悄悄地对人说道：

"最好伊替灾替晦代替了少爷吧！"

谁知过了两天，咏絮的寒热已退，也即下床，唯觉精神疲惫，坐在室中休养，心中惦念着璧人，而璧人的病渐渐好了。

其时，已是腊鼓声中，大家忙着过年。吴家新遭大丧，又有人生病，当然一无快乐景象。慕蕴新从杭州回来，便来视疾。伊哥哥子美的坟地，翼德早已代他们购好了在涌金门外，慕蕴因为家中没有人去办理，把筑坟的事又托了翼德。翼德惨淡经营，筑成一个新式白石的坟，上刻着司爱之神的石像，墓前立一碑，大书"情死者徐子美君、赵秀君女士合葬之墓"，墓的四周种着冬青树，墓门前种着柏树，墓左又筑一个小亭，是翼德出资造的，作为纪念两人的情死，亭上雕琢很有美术思想，亭中竖一石碑，上有翼德作的两人小传。告窆之日，便请慕蕴到杭州去看葬，清涓夫妇也来祭拜他们，两人的事情就此告一结束，徒添后人凭吊资料罢了。慕蕴算清了一切账目，告辞回家，又听璧人病重，故来探望，知道璧人前几天实在凶险，现在幸已转机，可望渐渐痊愈，也觉安慰。

光阴迅速，新年又临，璧人的病已大好，渐进饮食，且能下床小坐。但咏絮芳姿消瘦，时时有病。文氏见璧人在病中时咏梅昼夜服侍，不辞辛劳，璧人也很感谢伊，不觉把柔娟的话忘掉，又想把咏梅配与璧人了。柔慧也主张两人中宁取咏梅，因咏絮才学虽好，而性气高傲，难以谐俗，且病体瘦弱，亦于婚姻不宜。文氏遂决定要把咏梅做媳妇，但因璧人在丧，未即发表，然而郑妈早已知道了，十分欢喜，便传说开来。

一天，咏絮无意中走到绛云楼，听柔慧正和文氏在楼上讲话，有"咏絮不讨人欢喜"一句话，伊便立住了窃听，才知她们正商量如何说动璧人，使璧人愿意和咏梅做夫妇，而对于咏絮的感情冷淡。又听柔慧绝没有一句帮伊的话，反说伊身体软弱，恐怕不享永年。文氏也说咏梅能治家，上下人都欢喜伊，不似咏絮待人兀傲。咏絮本听过一个小婢说二少爷要和梅小姐订婚了，伊还有些不信，步步留神，看文氏怎样举动，现在一听她们的谈话，千真万确，不由气上心胸，忙回到清芬馆去。楼下又逢见郑妈，说道：

"絮小姐为什么不到二少爷那边去？梅小姐正伴着他讲笑话呢！"

咏絮听了更气，一语不答，走进房中，伏在桌子上，只是饮泣。午饭也不要吃了，往床上便睡，觉得心里痛得非凡，在床上滚来滚去，咬着银牙忍痛。咏梅来问伊要吃饭吗？伊摇摇头，咏梅以为伊又发病了，遂命小婢盛些粥进去，咏絮也不要吃，觉得头晕胸闷，十分难过，自思：我真薄命女子了，寄人篱下，受尽人家肮脏气，绝没有一个人来爱惜我，一家上下都要来欺负我，唯有柔娟最是自己的知心，却不幸死在外边。造物不仁，殊堪悲痛。伊想起了柔娟，泪如泉涌，枕函都湿，昏昏沉沉地睡了一夜。次日，稍觉好些，便去看璧人，璧人已大好了，见咏絮憔悴清瘦，楚楚可怜，不觉握住伊的手，絮絮询问，咏絮不好直说，只说：

"也被病魔缠绕。"

璧人道：

"何不求医？"

咏絮叹口气道：

"像我这样的人死吧活吧无足重轻，也值得去请医生？还是早早死了，免得被人厌视。"

璧人知道伊又要发牢骚了，便道：

"一个人生在世上，还是抱乐观的好，你身体这般软弱，还望善自保重，不要自贻伊戚。"

咏絮听璧人说伊软弱，不觉想起柔慧对文氏说的话，便又道：

"人生如朝露，我早已看破了，即如柔娟姊姊这样美满姻缘，可谓幸福，岂料一旦惨死，人生谁能料得到呢？"

璧人觉得咏絮说话总是趋向悲观，很代伊忧虑。这天过后，璧人告诉文氏，要他母亲代咏絮诊视，文氏不得不听璧人的话，便请看璧人病的医生前来诊视。咏絮坚执不要看，后来知道是璧人的意思，勉强让医生把脉，医生说：

"伊有肝胃病。"

开了方子而去。咏絮吃了两帖药，又不要吃了。文氏见伊不要吃药，也不再请医生，咏絮仍是时发时愈。

正月下旬，璧人一切恢复原状。一天，想起咏絮，遂走到清芬馆中，见咏絮正睡在床上，璧人坐在床边伴伊闲谈，咏絮总是闷闷不乐，璧人去握伊的手，不防误触了伊的左臂。咏絮皱着眉头说声：

"不要碰。"

璧人道：

"为什么碰不得？难道是你有伤处吗？"

咏絮不语。璧人有些疑惑，便捉住咏絮手臂，卷起衣袖看时，见有红布扎的伤处，很为奇讶，说道：

"你臂上的肉怎样伤的？请你老实告诉我。"

咏絮晓得不能隐瞒，便道：

"你自己想吧！你的病怎样会得转机的？"

璧人被伊一句话提醒，才知咏絮刲臂疗病，自己方能转危为安，心中大大地感动，不禁在咏絮的粉臂上很诚挚地吻了一下，说道：

"你真是最爱我的人，我心中有说不出的感谢。"

咏絮不觉两颊红晕，甩脱了璧人的手说道：

"我只望哥哥的病快好便是，牺牲性命也愿的。所以别人都没知道，只有我姊姊因为服侍你的汤药，不能不告诉伊。"

璧人道：

"咏梅也知道的吗？为什么伊不告知我呢？妹妹，你真是最爱我的人了，我也愿永远爱你。"

咏絮泣道：

"蒙你爱我，但我这个人生就薄命，遭人白眼，恐怕哥哥虽欲爱我而我没有这种福气来消受你。"

说罢，呜咽饮泣。璧人觉得万分怜惜，又对伊说道：

"你请放心，任何人不能夺去我们两人的爱情，天荒地老，此情不变。"

说时，一手指着天，好似宣誓。咏絮勉强笑了一笑道：

"感谢得很，我总洁身以待，但请哥哥不要忘记我是了。"

谁知隔墙有耳，窗外有人，两人正在情话依依时，咏梅立在窗外，都窃听了去。咏梅心里自思：璧人生了两个月病，我日夜服侍，何等爱护？他倒不感激我，仍恋恋于咏絮，而咏絮只一割臂肉却得了头功，我真为谁辛苦为谁忙？不觉怨恨起来，顿忘姊妹之情。自后，常在文氏面前也说起咏絮的不好，文氏见儿子业已痊愈，便想把亲事早早定了。服阕后，即可完婚，了却心头之愿，可以早抱孙儿。所以，有一天晚上，文氏把璧人唤到房里，细细劝他，要他娶咏梅为媳妇，璧人再三反对，定欲咏絮。文氏又说：

"咏絮身子孱弱，时时有病，不宜为人妇。"

璧人却说道：

"我看咏絮的病多半是气恼不悦所致，只要使伊快活，稳可以强健。"

文氏听了这话，不悦道：

"如此说来，谁人使伊气恼的呢？像伊这般年纪轻轻已会生气，到了我的年纪将若之何？我看伊自己的脾气太大，和人家合不来，自寻气恼罢了。老实说，在这一点我便不欢喜伊，还是咏梅性情和易，又能干，又讨人喜欢。你病中时，伊怎样不辞辛苦昼夜服侍，直到你好，伊人也瘦了。我的意思，早要把咏梅配你，因你顽梗而从缓，今番我总以为你回心转意了，谁知你别有

246

心肠，一定要咏絮。"

璧人道：

"咏梅姊待我的好意，我也感激，我和伊也没有什么不对，伊的才能我早知道，伊是好的……"

文氏道：

"好了，那么你为什么偏偏要拒绝呢？"

璧人顿了一顿，接着答道：

"母亲，这是因为我和咏絮有了爱情的缘故，婚姻的要素是爱情，有了爱情，便是良好婚姻，没有爱情，将来便发生恶果，请母亲还是听了我的话吧！"

文氏道：

"现在的时代真是变了，什么叫作爱情？你们竟把来做口头禅，当作反对父母主张的利器。想我和你父亲当年成婚时，也是两家尊长做主，不懂什么爱情，然而结婚以后，我们一样是很好的，我望你不要坚执。"

璧人听他母亲的说话坚执非常，反叫他不要坚执，又好气又好笑。两人正在讲得没有话说时，咏梅持着一封信从外边走进来，带笑说道：

"清涓姊于前月生了一位麟儿，在下星期要大开汤饼宴了，写信给我们姊妹，要我们去吃剃头酒，但我们是难去的。咏絮有病，柔慧姊是已问过伊，伊摇头不去，我也不要去。至于慕蕴呢？听说伊伴着母亲到常熟去吃喜酒了。"

一边说，一边把信递给璧人，璧人看了便道：

"你们都不去，未免使他们扫兴，待我去吧！可以一游西湖，又可去子美的墓上一拜。"

文氏听璧人要去，遂道：

"你若要到杭州去，我也不来阻止你，但望你早些回来。"

璧人点点头，遂定后日动身，向母亲要了盘费，端整好许多礼物。原来璧人因为婚姻的事一时不能有良好的希望，对于咏梅、咏絮很觉难以处置，不如暂且出去一游，把这事冷淡下来，徐图成功，遂乘间把自己赴杭的意思告知咏絮，并言：

"我们两人只要耐心坚守，虽迟必达目的，我至杭后再要求清涓姊来苏极力代我们说项，或可挽回母亲的意思。"

咏絮苦笑道：

"舅母的意思我也明白的，伊既然不喜欢我，便是勉强成功也非美事，我看你还是听从你母亲的说话为妙，不要为了薄命人伤了你们母子的感情。我的一生任他漂泊，请你不要顾念。"

璧人变色道：

"妹妹说出这些话来，难道疑我吗？我已立誓终身非妹不娶，请你不要这样说法，使我伤心。"

咏絮听了，不觉滴下珠泪，又道：

"我近来夜间咳嗽很是厉害，多愁多病，自觉毫无趣味，望你去后时时写些信来，免我悬念。"

璧人答应，又嘱咏絮好好保重身体，咏絮含泪点头，两人握着手，无限缠绵。次日，璧人便别了家人，到杭州去了。

咏絮自璧人去后，虽也接到他的来信，但觉文氏、柔慧等都和伊不甚亲近，连咏梅也时时用话讽刺，伊心中万分难过。一天，觉得烦闷，独自往园中一游，见桃红柳绿，满园春色，而园中寂静无人，飞鸟鸣声上下，走到牡丹厅伫立多时，想起前尘，又觉无限伤心，在园中徘徊多时，回到曼陀罗室，听文氏、咏梅、郑妈三人在内谈话，遂走进去叫应了文氏，一同坐下。哪知文氏也不来问伊的病好不好，只顾和咏梅有说有笑地讲，加着郑妈面上一副奸相，实在使伊生气。坐了一刻，如坐针毡，万分难受，立起身来，回到房里，背着人痛哭一番。暗想：郑妈这个人真是可恶，也来和我作对，简直吴家一门，除了璧人，没有和我爱好的了，我今又受下人的气。却没想到郑妈所以和伊不对，还是因为一副对联的问题结怨到如今，唯小人最难对待，他吃了你的亏，必定要报复你的。咏絮所以树怨，便是因为伊的性情太高傲一些，古之道不行于今，皎皎者易污，峣峣者易缺，令人可叹。咏絮又想起柔娟和外祖两个死者，他们都是爱伊的，老天不情，偏偏都夺了去，现在举目无亲，受尽闲气，好不愤恨。想到这时，觉得心中一阵大痛，张口一吐，一滴鲜血喷在衣上，接着喉中痒痒地要吐，连忙把面盆受着，一连呕了半面盆血，心中说不出的难过，耳中雷鸣，眼花缭乱，不能支持，便往床上一睡，呻吟不已。停一刻，咏梅进来，看见咏絮面色苍白，两手发抖，形状大变，对着伊淌泪，又见桌上面盆里有半面盆的鲜血，不禁惊喊起来。咏絮道：

"这是我呕的血，请你去唤下人来弃去吧！"

咏梅连忙跑到文氏那里去告诉说，伊的妹妹呕了不少的血，文氏和柔慧都赶来视问，一见咏絮的情状，觉得很是危险。文氏虽然不爱咏絮，至此也不免发急，忙命下人去请西医，速即前来。不多时，西医到临，代咏絮打了止血针，又细细诊察咏絮的脉息，告诉文氏说：

"咏絮的肝、胃、肺都有损伤，病根已深，难望痊愈，此后若不再呕，或可无虞。倘然仍旧要呕血，难以救治。"

又留了几包药末而去。文氏十分忧虑，叮嘱咏梅好好看顾咏絮，也没有什么说话，只是下泪。柔慧坐在床边劝慰伊一番，到得夜里，咏絮咳嗽大作，又吐了几口血。明天，再请那西医前来，又打了一针，谁知第三天，咏絮又呕了大半面盆的血，西医也回绝了。文氏不敢去通知璧人，咏絮虽在病中思念璧人，但自己不能作书，明知病已陷于绝境，只得坐以待毙。咏梅见咏絮病危，也觉非常忧急，对着文氏等下泪，文氏等也无法可想。又苟延了两天，咏絮竟在黄昏时香消玉殒，和众人长辞了。临死时，曾对咏梅说道：

"我们姊妹两人自幼没有了父母，孤苦伶仃，难得外祖父等善意抚养，恩未报答。不料我竟一病不起，要和姊姊永诀了，此后萧家骨肉唯姊一人，幸姊格外珍重，不必为我悲伤。璧人哥哥待我很好，我很感激他，知道我死时一定非常悲悼，请姊姊代我好好劝他，舅家将来的盛衰全仗他一人，要望他努力振作，光荣门楣，又为社会谋幸福。前程远大，还须自爱，不要为我薄命人的缘故，而使他为我过分悲伤，望姊姊也须格外体贴他，极力安慰他，不要使他失望。"

咏絮这几句话说得沉痛非常，咏梅不觉抱住伊大哭。文氏、柔慧等见咏絮逝世，也放声痛哭，柔慧想拍电报催璧人回家，继思：咏絮是璧人亲爱的人，若被他知道死况，不知要怎样的伤心，还是暂时瞒起，以后慢慢发表的好，便命账房王回去代办咏

250

絮丧事，因为伊是小姐，没有小辈，又是寄居他家的人，所以收殓了，便当天出柩，把灵柩暂寄在阊门外培德堂。柔慧和咏梅都送到堂里，哭了一场，可怜的咏絮此后风冷雨凄，抛着伊孤弱的芳魂与群鬼为邻，爱人在哪里呢？亲姊姊在哪里呢？绛云楼众姊妹又在哪里呢？

却说璧人到了杭州，和清涓夫妇相见，又拜见马璆夫妇，见这位老师精神很好，大家讲起璧人家中的事情，都代柔娟扼腕。马璆尤恋恋于吴仕廉，曾作诗若干首以示追悼，清涓又抱了她的小儿给璧人看，果然粉妆玉琢般很像他父亲吟秋的面貌，璧人称赞不绝。

隔了一天，吟秋家中大开汤饼之宴，贺客盈门，十分热闹。过后，吟秋便到校中上课，留璧人在此盘桓几天，允许星期六陪他去游西湖。璧人欣然应诺，先自去拜访管翼德，参观他办的西泠美术社，又到徐子美、赵秀君的墓上去展拜，对着那一抔黄土，无限感慨，想起子美奏梵婀玲时的姿势，如在目前。今日悬剑空陇，有恨如何，在纪念亭上凭吊良久，方才回去。到得星期六，吟秋夫妇雇着画艇伴璧人游湖，在杏花村小酌。次日，又游南北高峰，浑然西湖山水佳丽，足令人心旷神怡，无怪白乐天、苏东坡、林和靖等骚人墨客都要流连忘返了。子美在杭住了近一个月。

光阴真是过得很快，常和马璆谈些诗文，但他心中惦念着咏絮，来杭后一共寄给咏絮的信有六封之多，而咏絮只在第一个星期内有一信前来，信上说，咳嗽未好，甚为不乐，以后便雁沉鱼杳，没有片纸只字见复。问问柔慧呢，而柔慧来信上又说咏絮平安，既然平安，何以没有信来？难道伊竟恨我吗？绝不会的。胡思乱想，再也忍不住了，便和清涓夫妇告辞，束装返苏，清涓的意思，因吟秋校中在下星期六便是放春假，他们也想到苏州一游，要请璧人再留几天，然后同行。无奈璧人归心如箭，等不及了。

璧人回到家中，和家人相见，大家见他骤然回来，不觉惊异。璧人不见咏絮，便问咏梅道：

"咏絮妹妹在哪里？伊的病可好些吗？"

咏梅不知怎样回答，对他呆看，默然无语。璧人也觉奇怪，又问柔慧道：

"咏絮呢？怎么不见？"

柔慧知道瞒不过了，便答道：

"请你不要发急，我们告诉你吧！也请你不要悲伤，可怜咏絮妹妹前天呕了几次血，溘然长逝了。"

璧人听得"溘然长逝"四字，好似当头击了一棒，眼前金星乱迸，耳畔金鼓齐鸣，天旋地转地晕倒在地。文氏等大惊失色，七手八足地把他唤醒，璧人醒后，颓然坐在椅中，神经受了绝大的刺激，恨恨地只怪他们为什么不早早报信。文氏等再三劝慰他，总是摇头。

夜间，文氏又来劝他，说：

"咏絮的病本来不救，曾请西医打针施救也是无效。伊死的时候，曾要求我把伊姊姊咏梅嫁给你弥补你的缺憾。"

璧人见他母亲又要提要咏梅，不觉冷笑道：

"咏絮的死老实说一半也为了这个缘故。从今以后，母亲休

252

要和我提起'婚姻'两字，我的宗旨早已抱定了。"

文氏见自己劝不动儿子，又叫咏梅来安慰，也是无效。明天，璧人赶到培德堂去，文氏生恐璧人或有变故，忙叫柔慧、咏梅跟着同去。璧人在咏絮柩前拜了几拜，抚棺大恸，口口声声说："我对不起你，你是为我而死。"哭得柔慧、咏梅也哀哭起来。晚上归家，璧人很无聊地回到房中去睡了。明天早上，璧人说要出城去拜访一个朋友，托他代觅咏絮的墓地，众人信以为真，谁知他一去不返。文氏等都十分发急，到夜间十点钟后，大家守得焦急，柔慧很是疑心，暗想：莫不是要抄袭那位姚潜夫的老文章吗？走到璧人房中去察看，见抽屉里有两封信放着，心里陡地一跳，一看是留给伊和文氏的，忙拆开展视。信上的大意是说，他心爱咏絮，自誓非咏絮不娶，现在咏絮死了，不情愿再和什么人发生恋爱，他情愿削发入山，忏悔情孽去了。今从某钱庄取去一千块钱，六百块钱托一个姓陆的朋友去代咏絮造坟，四百块钱自己带去做盘缠，请母亲不必顾念，恕其不孝之罪，云云。留给柔慧的信是劝伊不要再抱独身主义，善事母亲，代尽子职，将来可以招赘一个东床快婿为吴氏留一后嗣，自己愿为废人，不再问世，也不必去寻他了，云云。柔慧忙持着信去告知文氏和咏梅，急得文氏上天无路，入地无门，忙问柔慧：

"可有法子去追寻？"

柔慧摇摇头道：

"他留书在此，立志坚决，断难挽回，况且天涯海角，叫我们到何处去追寻呢？"

文氏无奈，大哭一场。柔慧也不胜浩叹。咏梅心中更是说不出的苦楚，从此，文氏时常卧病，柔慧、咏梅在旁服侍，觉得无限凄凉。小桃源也终日深闭，没有什么人去游览了。

那时，吟秋正放春假，想起家乡的苏州，遂和清涓来苏探访故人。清涓把小儿交乳母看护，又有两位好婆照应，所以十分放心。两人一到苏州，先到吴宅，见了柔慧、咏梅，才知咏絮夭亡、璧人出走等伤心故事，都大为慨叹。清涓又到培德堂去拜祭，清涓这夜便住在绛云楼，吟秋住在碧桃轩，清涓在夜里和柔慧、咏梅讲了不少话，抚今追昔，不胜怅惘。窗外点点滴滴地下起春雨来，直到深夜，方才各自安寝。清涓睡着了，忽觉自己飘飘荡荡地走到上方山下，石湖里的水清波潋滟，仍是旧时景色，依稀走到一个地方，不是故居，乃是一个很好的公园。信步走入，忽见东边一个小亭，中有一老者正坐着饮茗看报，意态潇闲，认得是吴仕廉，忘记他是已死了，上前去行礼。但见吴仕廉笑着对伊说道：

"你来得正好，他们都在里面。"

清涓不知他们是谁，忙走进去，又见子美和一个戴蓝眼镜的朋友在一小轩中弈棋，见伊前来，立起欢迎，子美引着伊走进轩中，只听一阵笑声，外面走进咏絮和柔娟两个人来。清涓大喜，奔过去握住两个人的手道：

"我十分思念你们，不想你们却在这里。"

柔娟道：

"是的，我们在这里一切自由，很觉快乐，以前的烦恼都消除了。"

说话时，又有一个妙龄女子姗姗地走来，柔娟代清涓介

254

绍道：

"这便是赵秀君女士。"

清涓一想，"赵秀君"三字很熟，不知道在哪里听过，一时模糊，便笑道：

"原来你们都在这里，好不快活，我也要住到这里来了。"

咏絮道：

"你是和我们不同的，何必前来？"

清涓道：

"怎么不能前来？"

柔娟道：

"请你想想看。"

清涓仔细一想，才知他们都是作古的人了，不觉心如大吃一惊，蓦地醒来，乃是南柯一梦。上方山石湖也没有了什么，柔娟、咏絮一切都没有了，自己仍睡在绛云楼上，床前一盏绿色罩的电灯正发着幽静的光。窗外雨声淅沥，妆台上的翠石钟铛铛地打三下，不由微微叹道：

"原来是梦。"

正是：

世上尽多哀乐事，人生只在朦胧中。

评：

总结全书，最见功夫，作者从容不迫，非胸有成竹不能目无全牛。

以姊妹而争爱，其境更难，然而作者写来，不脱不黏。

处以吟秋、清涓得意的事穿插。妙！妙！

郑妈可杀，但是不过逢迎上旨而已。

以梦结束，虽多旧套，从得意人做去，却能翻陈出新。

在清涓梦中又把上方山石湖轻轻一点，首尾相应，令人感慨无穷。

图书在版编目（CIP）数据

美人碧血记／顾明道著. — 北京：中国文史出版社,2018.5

（民国通俗小说典藏文库·顾明道卷）

ISBN 978 - 7 - 5034 - 9993 - 7

Ⅰ. ①美… Ⅱ. ①顾… Ⅲ. ①长篇小说 - 中国 - 现代

Ⅳ. ①I246.5

中国版本图书馆 CIP 数据核字（2018）第 009950 号

点　　校：清寒树　旷　野

责任编辑：薛媛媛

出版发行：**中国文史出版社**

网　　址：http://www.chinawenshi.net

社　　址：北京市西城区太平桥大街 23 号　邮编：100811

电　　话：010 - 66173572　66168268　66192736（发行部）

传　　真：010 - 66192703

印　　装：廊坊市海涛印刷有限公司

经　　销：全国新华书店

开　　本：720×1020　1/16

印　　张：17.25　　　字数：175 千字

版　　次：2018 年 5 月第 1 版

印　　次：2018 年 5 月第 1 次印刷

定　　价：51.80 元